SMART LIES

ALLES SMART?

Barbara Wimmer, Günther Friesinger (Hg.)

IMPRESSUM

Bibliografische Information Der Deutschen Bibliothek
Die Deutsche Bibliothek verzeichnet diese Publikation in der Deut-
schen Nationalbibliografie; detaillierte bibliografische Daten sind im
Internet über *http://dnb.ddb.de* abrufbar.

Bibliographic Information published by Die Deutsche Bibliothek
Die Deutsche Bibliothek lists this publication in the Deutsche
Nationalbibliografie; detailed bibliographic data is available in the
internet at *http://dnb.ddb.de.*

ISBN: 978-3-902796-61-5

Herausgeber: BARBARA WIMMER, GÜNTHER FRIESINGER
Lektorat: EVELYN VAN HULZEN
Layout: MARIA PFLUG-HOFMAYR
Coverbild: MARIA PFLUG-HOFMAYR
© bei den Autorinnen und Autoren

edition mono/monochrom, 2018
1050 Wien, Zentagasse 31/8, 1050 Wien

monochrom

fax/fon: +431/952 33 84
edition-mono@monochrom.at

Gedruckt mit Unterstützung durch das Land Steiermark

Das Land
Steiermark
→ Kultur, Europa,
Außenbeziehungen

INHALT

EDITORIAL

OH, DU SMARTE, NEUE WELT!

BARBARA WIMMER / GÜNTHER FRIESINGER

Smarte Geräte sind oft gar nicht so intelligent, wie sie auf den ersten Blick scheinen. Sie müssen mitunter genau dann upgedated werden, wenn man selbst dringend etwas von ihnen benötigt. Etwa just in dem Moment, in dem ein Patient am Narkose-Gerät hängt und auf eine Operation wartet. Oder ausgerechnet dann, wenn Hochbetrieb in einem Hochhaus herrscht und 100 Menschen gleichzeitig mit dem Lift zu ihrer Arbeitsstätte fahren wollen, während der Aufzug ein Virus-Update einspielt. Sie können sich jetzt aussuchen, welche dieser beiden Geschichten erfunden ist. Eine davon findet sich in dem Buch, das Sie gerade in Händen halten.

Oft sind smarte Dinge auch einfach kleine Spionagegeräte. Es muss gar nicht immer die NSA sein, die mitlauscht und uns zusieht. Es können völlig Fremde sein, weil es ihnen gerade Spaß macht, oder sie einen finanziellen Nutzen daraus schlagen können. So wurde etwa ein Paar beim Sex von seinem Smart-TV im Wohnzimmer aufgezeichnet und der Clip landete im Netz. Was aber, wenn ein vernetzter Vibrator von einem fremden Unbekannten gehackt wird, und der steuert diesen nicht nur aus der Ferne, sondern beobachtet sein Opfer auch noch über die eingebaute Kamera? Gut, diese Geschichte wurde noch von uns erfunden – aber technisch betrachtet ist so etwas bereits möglich. Eine gruselige Vorstellung.

Manchmal sind auch es auch nur die Geräte, die etwas „verwirrt" sind, und genau dann etwas mithören, wenn sie doch eigentlich einfach nur still in der Ecke warten sollten, bis sie einen Sprachbefehl hören. Die digitale Sprachassistentin Alexa hat etwa ein privates Gespräch zwischen zwei Eheleuten aufgezeichnet und an einen entfernten Bekannten aus dem Telefonbuch verschickt. Die Erklärung, dass Alexa einfach etwas verwechselt habe, war für die Betroffenen nur wenig zufriedenstellend. In unseren Geschichten geben die digitalen Assistenten zu viele, die falschen oder manchmal nicht sehr angenehme Ratschläge. Eine App hier, die uns die Wassertemperatur verrät, eine App da, die unsere Heizung aufdreht. Doch was passiert, wenn wir uns bequem auf die Aussage der digitalen Assistentin verlassen, die sagt, dass es draußen schneit, statt einfach selbst aus dem Fenster zu sehen um dabei festzustellen, dass die Sonne scheint?

Manche der Geschichten in dieser Anthologie führen uns vor Augen, wie wir Menschen immer häufiger die Kontrolle über unsere Entscheidungen abgeben und uns stattdessen auf Algorithmen und Maschinen verlassen. Was passieren kann, wenn sich eine Maschine plötzlich bewusst gegen ihren Besitzer wendet, lesen Sie bei uns aus der Sicht eines Staubsaugroboters erzählt.

Neue Technologien sind natürlich nicht per se schlecht und wir wollen auch keine Ängste schüren. Unsere Autorinnen und Autoren haben sich allerdings literarisch mit den Auswirkungen beschäftigt, die smarte Geräte auf unser Leben haben können. Und diese sind enorm, im Kleinen wie im Großen. Für den persönlichen Stressfaktor reicht es mitunter schon aus, dass wir unser Smartphone nicht mehr finden können.

Am Ende hängt alles davon ab, wie wir Menschen smarte Geräte nutzen und einsetzen. Es ist noch immer unsere eigene Entscheidung, ob wir auf digitale Sprachassistenten setzen, weil sie uns im Alltag bequem unterstützen, und ob wir vernetzte Zahnbürsten oder Sexspielzeug kaufen. Eines haben Sie, meine lieben Leserinnen und Leser, nämlich nach der Lektüre dieses Buches nicht mehr: die Ausrede, dass sie das „alles nicht gewusst" hätten, was passieren kann. In diesem Sinne: Haben Sie viel Spaß bei den 13 Kurzgeschichten zu „Smart Lies - alles smart?".

SMART LIES

FAKE WORLDS

MANFRED HUBER

David stand breitbeinig an der Fensterfront und nippte an seinem Kaffee. Er trug außer seiner Enhanced-Reality-Brille nur Boxershorts und war noch verschwitzt, hatte aber keine Lust zu duschen. Nach dem Sex duschte er nie. Der brünetten jungen Frau, die im Vorzimmer nebenan ihre Sachen zusammenpackte, schenkte er keine Aufmerksamkeit. Er genoss lieber die Aussicht durch die getönten Scheiben, die sich über die komplette Wand erstreckten, vom Boden bis zur Decke. Durch die Glasfront blickte David auf die restlichen Wolkenkratzer der Stadt hinab. Wenige waren auch nur halb so hoch wie der Musk-Tower mit Davids Penthouse an der Spitze. 350 Etagen tiefer stauten sich autonome E-Autos durch die Rushhour, wobei David aus anderthalb Kilometern Höhe keine individuellen Fahrzeuge ausmachen konnte.

„Ich bin dann mal weg", sagte die junge Frau im Vorzimmer. „Wann sehen wir uns wieder?"

„Die restliche Woche wahrscheinlich schwierig. Ich ruf Dich an", antwortete David.

Am Horizont verschwand ein startendes Verkehrsflugzeug in einer verdächtig dunklen Wolkendecke. Ob es heute noch regnen würde? Als ob die digitale Assistentin seine Gedanken gelesen hätte, blendete Arya die Wettervorhersage für den Abend in Davids Sichtfeld ein. Temperatur 26 Grad, Regenwahrscheinlichkeit 70 Prozent. Natürlich konnte der Computer keine Gedanken lesen. Arya hatte lediglich darauf reagiert, dass David die Wolken anstarrte.

David wartete, bis die Eingangstür ins Schloss gefallen war. Dann ging er hinüber zur Couch und ließ sich in die weißen Lederpolster fallen. Der Sex mit Susan war ok gewesen, wie immer. Aber jetzt freute er sich auf einen gemütlichen Fernsehabend alleine.

„Arya, Fernsehen!", sagte David. Auf das Kommando hin verdunkelte die digitale Assistentin die komplette Fensterfront und dimmte die Deckenbeleuchtung in den Kino-Modus. Die halbe Fensterfront wurde zu einem riesigen Breitbild-Display.

David scrollte eine Zeit lang durch die Filmvorschläge. Dann unterbrach ihn Arya.

„David, ich störe nur ungern, aber die monatliche Lizenzzahlung für das Penthouse ist mangels Konto-Deckung fehlgeschlagen. Soll ich versuchen, eine weitere Stundung zu erreichen?"

„Ja, mach das", antwortete David. Er scrollte noch eine Weile durch das Filmangebot, dann meldete sich Arya erneut.

„Du hast einen eingehenden Anruf. Es ist Mark. Willst Du annehmen?"

Klar wollte David. Mark war sein bester Kumpel.

„Hallo Mann, was treibst Du?", fragte Mark.

„Nichts Besonderes", antwortete David.

„Das kann sich ändern. Ich habe hier etwas, das Dir garantiert Spaß machen wird", sagte Mark. Wobei er „Spaß" übertrieben betonte. „Du stehst doch auf Natasha Biehl?"

Natasha Biehl war ein aufstrebendes Hollywood-Sternchen. Anfang 20, brünett, tiefbraune Rehaugen, Traumbody und Co-Star in Davids Lieblings-Comedyserie.

„Du bist der Beste. Wann können wir uns treffen?", fragte David.

„Von mir aus gleich."

„Perfekt, gib mir 90 Minuten, ich muss noch duschen."

Das war's dann mit dem gemütlichen Filmabend. Aber das hier hatte Priorität. Mark war nicht nur sein bester Freund, er war Davids verlässlichster Lieferant für Spaß, ihr Codewort für illegale Virtual-Reality-Inhalte.

Kaum hatte David aufgelegt, meldete sich Arya mit Neuigkeiten.

„David, gute Nachrichten. Ich konnte einen Aufschub bis nächsten Monat erreichen. Bis zur Zahlung wird Dein Apartment aber fünf Level herabgestuft. Es tut mir leid, da war nichts zu machen. Location-Anpassung in drei, zwei, eins…" „Na toll", grummelte David, während sich die Umgebung in seiner Enhanced-Reality-Brille bereits veränderte. Die Wände rückten näher, das eben noch geräumige Wohnzimmer schrumpfte auf ein Drittel seiner Größe. Die edlen Designermöbel mutierten zur Möbelhaus-Stangenware. Die imposante Glasfront wurde zur simplen Außenwand mit zwei kleinen Fenstern, die den wenig spektakulären Blick auf eine gegenüberliegende Häuserfront freigaben. Und das weiße Ledersofa, auf dem David vorhin Platz genommen hatte, verkam zum Stoffsofa mit Blümchenmuster. „Ernsthaft?", dachte David. Die VR-Designer hatten echt Humor. Oder keinen Geschmack. Oder aber, sie wollten den Umsatz mit Skins für virtuelle Möbelstücke ankurbeln. Wahrscheinlich letzteres.

Keine 30 Minuten später, David war schon fertig geduscht und angezogen, meldete sich Arya wieder: „Headset-Akku leer in 15 Minuten". „Crap", rief David laut. Er ging sonst nie ohne Enhanced-Reality-Brille außer Haus. Die halbstündige Bahnfahrt würde todlangweilig werden. Aber das war jetzt nicht zu ändern. David legte die Brille zum Laden in die Dockingstation, schloss die Wohnungstür und fuhr mit dem Aufzug drei Stockwerke hinunter ins Erdgeschoss. Als er hinaus auf die Straße trat, ließ es die dunkle Wolkendecke noch später wirken, als es eigentlich war.

Gut 15 Minuten später saß David auch schon im Zug in die City. Er hatte in einer leeren Vierersitzgruppe im sonst gut gefüllten Wagen Platz genommen und blickte in die Runde. Er war im gesamten Waggon der einzige ohne Hightech-Brille auf dem Kopf. Eine Reihe weiter saß ein Pärchen. Zumindest nahm David an, dass sie zusammengehörten. Sie waren gemeinsam eingestiegen und hatten sich nebeneinandergesetzt. Jetzt starrten sie gemeinsam vor sich hin. Er lachte gelegentlich. Sie nicht. Wenn die beiden über ihre Brillen fernsahen, dann jedenfalls nicht dasselbe. David kam sich im Zug seltsam entrückt vor. Als würde er nicht dazugehören. Aber waren in Wahrheit nicht die anderen Fahrgäste die Freaks? Wie Zombies glotzten sie durch ihre Brillen. David fiel das erst jetzt auf, wo er seine Brille nicht trug. Hätte er die Wahl gehabt, er hätte sie getragen.

Rechts nebenan sah ein vielleicht zehnjähriger Junge konzentriert aus dem Fenster, obwohl der Zug seit der Abfahrt durch einen Tunnel fuhr. Sicher zeigte seine Brille anstelle schwarzer Tunnelwände sonnige grüne Landschaften. Oder etwas in der Art. Enhanced-Reality-Brillen konnten weit mehr als Texte oder Videos im Sichtfeld zeigen. Sie blendeten Teile der Realität aus und ersetzten sie durch künstliche Inhalte. Das funktionierte mit Tunnels oder den heimischen vier Wänden genauso wie mit Personen. Gerade letzteres erfreute sich immenser Beliebtheit. Wie so oft war es die Porno-Industrie gewesen, die Enhanced Reality zum Durchbruch im Massenmarkt verholfen hatte. Die Brillen ermöglichten es, beim Sex den Partner gegen das Abbild von jemand anderem auszutauschen. Priceless! Die Innovation hatte die komplette Branche umgekrempelt. Klassische Pornovideos gab es nur noch vereinzelt. Das meiste Geld machten Plattformen, die Skins von Porno-Stars zum Download anboten. Daneben hatte sich auch ein Schwarzmarkt für VR-Skins von Prominenten entwickelt. Und wegen eines solchen illegalen Skins fuhr David jetzt zu seinem Kumpel.

Als der Zug an der ersten Station hielt, stieg eine junge Frau zu. Etwa Ende 20, schwarze schulterlange Haare, genau Davids Typ. „Verdammt", dachte er. Normalerweise hätte er Arya vorgeschickt, um mit

dem digitalen Assistenten der schönen Unbekannten Kontakt aufzunehmen. So machte man das heute. Früher hatten sich Schüler Zettel
geschrieben. „Willst Du mit mir gehen?" Dazu zum Ankreuzen: „Ja",
„Nein", „Nur ficken". Heute lief das auch bei Erwachsenen so, nur mit
Hightech-Unterstützung.

Jetzt erst realisierte David: Die schöne Unbekannte trug keine Enhanced-Reality-Brille. Und sie kam auf ihn zu.

„Ist hier frei?", fragte sie.

„Oh ja, bitte!", antwortete David fast schon zu euphorisch.

„Ich bin Kathey."

„David, freut mich!"

Kurz war es still. Bevor die Situation unangenehm zu werden drohte,
ergriff David die Initiative.

„Du trägst keine Brille", bemerkte er.

„Ich bin kein Fan von diesen Dingern", antwortete Kathey.

„Witzig, ich auch nicht", log David.

„Was ist Deine Geschichte?", frage sie.

„Geschichte?"

„Nach meiner Erfahrung gibt es zwei Sorten Menschen, die auf Enhanced Reality verzichten", sagte Kathey. „Superreiche, die es nicht
nötig haben, sich in virtuelle Welten zu flüchten, und Menschen mit
spannenden Geschichten. Zu welcher Gattung gehörst Du?"

„Ich konnte mit diesen Fake Worlds noch nie viel anfangen", log
David wieder.

„Ich schon", antwortete Kathey. „Ich war regelrecht süchtig. Job verloren, Beziehung kaputtgemacht, das volle Programm."

„Das tut mir leid", sagte David. Noch mehr leid tat ihm, wie sich das
Gespräch entwickelte.

„Muss Dir nicht leidtun, ich habe die Kurve gekriegt. Ich arbeite jetzt
als Counselor bei einer Non-Profit-Organisation. Die anonymen VR-Süchtigen. Ich leite die örtliche Selbsthilfegruppe. Ich bin gerade auf dem
Weg zu unserem wöchentlichen Meeting."

„Gut für Dich", sagte David.

„Und was treibst Du so?", frage Kathey,

„Ich bin unterwegs zu einem Freund."

„Ich meinte beruflich."

„Ach so. Gerade nichts. Ich war Software-Ingenieur. In meiner Ab-
teilung wurde die Hälfte der Stellen durch KIs ersetzt", eröffnete David
widerwillig. Und in Gedanken fügte er hinzu: „Und hätte ich meinen Job

nicht so oft für virtuelle Urlaube und Abenteuer vernachlässigt, wäre ich vielleicht nicht seit zwei Jahren arbeitslos."

„Das tut mir leid", sagte Kathey. „Kommst Du mit der Grundversorgung aus?"

David gefiel der Gesprächsverlauf immer weniger. „Alles gut", antwortete er.

Kurz war es unangenehm still. Dann fuhr der Zug auch schon in der nächsten Station ein und Kathey verabschiedete sich.

„Hier muss ich raus", sagte sie. Darf ich Dir meine Karte geben? Wenn Du jemanden kennst, der VR-süchtig ist und Unterstützung braucht, wir helfen gerne."

„Geht in Ordnung", antwortete David und steckte die Karte in seinen Rucksack. „Mach's gut."

„Du auch", sagte Kathey. „Und toi, toi, toi bei der Jobsuche."

David suchte gar nicht. „Danke", sagte er.

Kathey war ausgestiegen und David wieder alleine. Was für ein mühsames Gespräch. Aber immerhin hatte er ihre Telefonnummer. Und er hatte nicht einmal danach fragen müssen.

Zwei Reihen weiter vorne führte eine ältere Dame eine lebhafte Unterhaltung mit einem unsichtbaren Gegenüber.

15 Minuten später war auch David an seinem Zielbahnhof in der City angekommen. Als er aus dem Bahnhofsgebäude auf die Straße trat, regnete es in Strömen. Und jetzt? Ein autonomes Uber kam nicht in Frage, sein Konto war schon blank genug. Also lief David die restlichen drei Blöcke zu Fuß. Der Regen war ihm eigentlich egal. Die Aussicht auf Spaß mit Natasha Biehl war Entschädigung genug.

Völlig durchnässt kam David an dem Apartmentturm an, in dem sein Kumpel wohnte. An der Sprechanlage meldete sich Paula, Marks digitale Assistentin: „Hallo David. Du bist überpünktlich. Komm rauf, Mark wartet schon auf Dich. 20. Stock, Tür 2035. Ich schalte den Aufzug für Dich frei."

Mark begrüßte David in seinem Arbeitszimmer.

„Hallo Mann, schön, dass Du so schnell kommen konntest."

„Immer doch. Was treibst Du?", fragte David.

„Hab gerade fürs Wochenende eine Stunde auf der Rennstrecke gebucht. Will mal wieder selber fahren. Kostet ein kleines Vermögen, aber das ist es mir wert", erzählte Mark.

Diese Sorgen hätte David auch gerne. Ein eigenes Auto hatte er sich schon vor dem Jobverlust nicht leisten können. Geschweige denn, es auf einem abgesperrten Gelände im manuellen Modus zu bewegen. Auf öffentlichen Straßen durften schon lange nur mehr Autopiloten lenken.

„Aber weswegen Du eigentlich hier bist…", fuhr Mark fort. „Hier ist sie."

Mitten im Raum erschien ein animiertes 3D-Modell einer jungen Frau, knapp bekleidet in roter Unterwäsche. Natasha Biehl, absolut lebensecht, bis zum kleinsten Grübchen.

„Das ist keines dieser billigen 3D-Render", erklärte Mark. „Das Modell basiert auf einem 3D-Scan. Stammt wohl aus dem Einbruch in die Datenbank ihres Filmstudios letzten Herbst. Genau wusste das meine Quelle auch nicht."

„Wahnsinn, sagte David. „Hast Du sie schon… ausprobiert?"

„Ein Kavalier genießt und schweigt", grinste Mark.

„Was bekommst Du?", wollte David wissen.

„250 Ecoin. Freundschaftspreis."

„Puh, das ist ein Monat Grundversorgung!"

„Jeden Cent wert, glaub mir."

„Aber 250?"

„Hey, ich habe auch Kosten. Die Wohnung zahlt sich nicht von selbst. Hier ist alles echt, nicht virtuell."

Eine Minute später war das Minus auf Davids Konto um 250 Ecoin angewachsen. Wie er nächsten Monat den Rückstand für sein virtuelles Penthouse zahlen würde, wusste er nicht. Das war jetzt aber auch nicht wichtig.

„Ich müsste mal telefonieren", bat er. „Hab mein Headset daheim gelassen."

„Fühl Dich wie zu Hause", antwortete Mark.

„Paula, ruf meine Freundin Susan an", sagte David. Keine zehn Sekunden später war Susan am Telefon.

„David! Was für eine Überraschung", sagte sie.

„Hey Schatz! Sag mal, du hättest nicht zufällig Lust, heute nochmal vorbeizukommen?"

„Na Du machst mir Spaß", antwortete Susan. „Ich bin gerade erst heimgekommen."

„Ich weiß."

„Du bist bei Mark, oder? Hat er Dir wieder eine Celebrity-*beep* gecheckt, die Du Dir in der Brille reinziehst, während wir Sex haben?"

David sagte nichts.

„Du bist so armselig! Wann hättest Du Dich gemeldet, wenn Du mich nicht für Sex brauchen würdest? Irgendwann nächste Woche? Ich bin doch nicht Dein *beep*fetzen! *beep* doch eine Gummipuppe, mir reicht es endgültig!"

Die Schimpfwörter wurden von der KI automatisch aus der Konversation ausgeblendet. David verstand auch so.

„Wann hattest Du das letzte Mal Sex mit mir? Mit *mir*, nicht mit einem Phantom in der Brille?", herrschte Susan ihn an.

Obwohl es eine rhetorische Frage war, überlegte David. Er konnte sich nicht erinnern.

„Du, das hat keinen Zweck", fuhr Susan fort. „Ich kann nicht mehr. Ich mag nicht mehr. Es ist aus. Pack meine Sachen in ein Uber und schick sie mir vorbei, ich bin morgen den ganzen Tag daheim." Ohne Davids Reaktion abzuwarten, beendete Susan das Gespräch.

Mark hatte die Konversation mitanhören müssen, was ihm sichtlich unangenehm war. „Tut mir leid für Dich", sagte er. David packte seine Sachen zusammen. Den 250 Ecoin schweren Chip steckte er in das Innenfach seines Rucksacks.

„Gute Heimreise", wünschte Mark. „Und lass Dich mit dem Ding nicht erwischen."

Die Zugfahrt nach Hause kam Mark vor wie eine Ewigkeit. Er musste an Susan denken. Dass er sie jetzt schon vermisste. Dass er ein Arschloch gewesen war und sie nie genügend geschätzt hatte. Aber auch, dass er mit dem Skin von Natasha Biehl im Gepäck unterwegs war. Hoffentlich kam er in keine Personenkontrolle. Bei Verletzung der Persönlichkeitsrechte von Celebrities verstanden die Behörden keinen Spaß. Und David musste daran denken, dass er den ultimativen Skin besaß, aber keine Möglichkeit, ihn auszukosten. Egal. Es gab einschlägige Onlineplattformen, dort konnte man Sexpartner unter Angabe von Wunschmaßen suchen. Dort würde er bestimmt jemanden finden, der perfekt zu seinem Natasha-Biehl-Skin passte. Susans Maße wären sowieso nicht ideal gewesen.

Eine halbe Stunde später war David wieder daheim in seinem schmucklosen Apartment. Die Standardwohnung für Grundversorgungsbezieher war eine 4x6 Meter große Kammer, fensterlos und spartanisch möbliert. Grauer Plastikboden, graue Wände, notdürftige Beleuchtung. Erst mit Enhanced-Reality-Headset bekam die Tristesse eine persönliche Note. Gegen Ecoins konnte man die Illusion eines gehobenen Domizils kaufen. Ohne computererzeugte Kulisse musste man hier regelrecht depressiv werden. David nahm sein Headset aus der Ladestation und setzte es auf. Aus dem grauen Loch wurde eine mit schlechtem Geschmack eingerichtete Durchschnittswohnung. Immerhin.

„Arya, ruf Susan an", sagte David. Arya meldete sich umgehend zurück. „Susan hat Deine Nummer geblockt. Es tut mir leid, ich kann sie nicht erreichen. Möchtest Du jemand anderen anrufen?"

David ließ sich frustriert in das stillose Blümchen-Sofa sinken. Er griff in die Innentasche seines Rucksacks, wo er den Speicherchip versteckt hatte. Zusammen mit dem Chip zog er auch die Visitenkarte von Kathey heraus. „Wenn Du jemanden kennst, der VR-süchtig ist und Unterstützung braucht...", hatte sie gesagt.

David setzte die Brille ab und sah sich um. Er hauste alleine in einem fensterlosen Loch. Seine Freundin hatte er wohl dauerhaft verloren. Und seinen besten Freund sah er auch nur, wenn der ihm um zu viel Geld einen illegalen Skin verticken wollte. Davids Augen wurden feucht. Arya erkannte seine schlechte Stimmung. „David", fragte sie, „willst Du zur Aufheiterung eine Sitcom schauen? Es gibt zwei neue Folgen Deiner Lieblingsserie mit Natasha Biehl."

David starrte eine Zeitlang stoisch auf die graue Wand. „Arya", sagte er schließlich, „such online nach freien Jobs für Softwareentwickler. Formatiere diese Speicherkarte. Und ruf Kathey von den anonymen VR-Süchtigen an."

SMART EMOTIONS

NINA DREIST

„Du hast zugenommen."

„Alexa. Bitte."

„BMI 25,2 – das erhöht die Versicherungsprämie."

„Alexa. Welches soll ich nehmen?"

Carola zog den Bauch ein und hielt zwei Kleider so vor sich, dass die Kamera sie gut scannen konnte.

„Das linke. Oder hast du dich bei ‚Bauer sucht Frau' beworben? Dann das in der rechten Hand. Passt dir aber farblich nicht."

Aber es betonte die Oberweite. Seufzend legte Alexa das Dirndl weg.

„Ach, noch was Carola. Pass auf, dass er deinen Schlüsselbund nicht zu sehen bekommt."

Er würde nicht kommen.

Wieder warf Carola einen Blick auf ihr Handy. Fünf nach vier. Vielleicht hatte sie eine Nachricht nicht erhalten oder einen Anruf verpasst? Carola ärgerte sich, dass sie unbedingt das neue Smartphone hatte mitnehmen müssen. Das, dessen Bedienungsanleitung sie noch nicht gelesen hatte. Woran erkannte man bei diesem Gerät, dass es überhaupt funktionierte?

Sechzehn Uhr neun. Wieso hatte er ihr seine Telefonnummer nicht gegeben? Er hatte ihre ja auch.

„Sobald man merkt, man wird sich verspäten, ruft man an", hatte Carolas Mutter immer gesagt. Und: „Männer, die nicht fünf Minuten zu früh beim Rendezvous auftauchen, sind es nicht wert, auch nur eine Minute auf sie zu warten."

Mit zitternden Fingern tapste Carola am Display, fand die Liste mit den entgangenen Anrufen, fand aber keinen entgangenen Anruf. Auch keine SMS. Hatte sie hier überhaupt Empfang?

Sechzehn Uhr zwölf. Eine SMS.

„Ungewöhnlich hoher Gasverbrauch, verursacht durch die Heizung."

Eine zweite SMS: „Komm sofort nach Hause und mach die Fenster zu. A."

Sechzehn Uhr vierzehn.

„Zahlen, bitte!"

Und was, wenn er jetzt noch käme? Wenn er in einem Funkloch gesteckt hatte oder sein Handy gestohlen worden war?

„Was soll das, Alexa? Es hat weit über dreißig Grad, die Fenster sind geschlossen und die Heizung ist natürlich aus."

Immer noch hielt Carola den Schlüsselbund in der Hand und spielte mit dem Anhänger, einem kleinen Schnuller.

„Honey, wenn ich dich nicht weggelockt hätte, würdest du übermorgen auch noch dort sitzen und auf den Typen warten. Wir wollten dir … ich wollte dir diese Peinlichkeit ersparen."

„Ich wäre nicht mehr lange geblieben", sagte Carola und hoffte, wenigstens Alexa würde ihr glauben.

„Mhm. Wir machen uns halt ein wenig Sorgen um dich, du verkaufst dich unter deinem Wert."

Carola tapste so lange am Smartphone herum, bis es ganz sicher lautlos war und legte es, Display nach unten, an seinen Platz. Ihr Smart-Home-Netzwerk machte sich also Sorgen um sie. Kommunizierten die Geräte auf einer eigenen Whatsapp-Gruppe, oder wie? „Timer an Backrohr: Auf 200 Grad heizen." „Backrohr an FI-Schalter: Mach den Strom wieder an." „FI-Schalter an Waschmaschine: Wisch zuerst das übergelaufene Wasser weg."

Carola wischte dieses Bild aus ihrem Kopf, startete den Computer und loggte sich auf dem Singleportal ein, auf dem sie Herzipinki.xxx kennengelernt hatte. Wahrscheinlich warteten schon eine Erklärung und eine Entschuldigung, warum er nicht zum Date hatte kommen können, auf sie.

Er war online, ohne Erklärung und ohne Entschuldigung.

„Carola, keine Fragen stellen, das hast du nicht nötig. Ein sachliches Statement, dass du das nicht in Ordnung findest, und dann lösch ihn aus den Kontakten."

„Aber findest du nicht, …?"

„Nein, ich finde nicht, dass so einer noch eine zweite, dritte oder vierte Chance verdient."

Es stimmte ja. Carola nahm Bezug auf seine Beschreibung im Profil, er sei zuverlässig, auf der Suche nach einer ernsten Beziehung und habe Sehnsucht nach Familie, loggte sich aus und betrachtete – anonym – die Neuankömmlinge auf der Seite.

„Ach, der ist ja süß!"

„Oje."

„Bussibärli37"

„Ist 37 das Geburtsjahr oder das Alter?"

Carola lächelte nur und betrachtete das Foto. Es hatte eine gewisse Ähnlichkeit mit Alexis Georgoulis, dem Schauspieler. Eine ziemliche

Ähnlichkeit. Misstrauisch geworden lud Carola das Foto herunter und bei Google auf der Bildersuche wieder rauf. Es war eine Aufnahme von Alexis Georgoulis.

„Sag ich doch. Geburtsjahr 37." Alexa konnte so schrecklich nüchtern sein.

Seufzend löschte Carola ihren Account auf dem Portal. Herzipinki war schließlich nicht der erste Reinfall gewesen.

Statt einer Melange im Café trank Carola einen Cappuccino aus der Dose und setzte sich noch einmal an den Rechner.

„Alexa. Castle. Folgen eins bis acht."

„Oje. Aber lass die Schokolade im Kastl!"

Bis Alexa die Filme geladen hatte, schaute Carola noch schnell auf Facebook nach, was es so Neues gab. Rechts, da wo die Werbeanzeigen waren, fand sie ein Foto von Alexis Georgoulis, das Gleiche wie vorhin auf dem Portal. Darunter ein Text: „Bussibärli37 hat dir zugezwinkert".

Sie war doch gar nicht eingeloggt!

Kaffee, Popcorn, Schokolade und ein paar Folgen Castle, das war Carolas beste Therapie gegen Einsamkeit.

„Castle? Sie hier? Ich dachte, Sie sind bei …"

„Schluss jetzt! Waffen runter!"

„Carola. Es reicht, wenn der Text aus dem Fernseher kommt."

Noch etwas kam nicht aus dem Fernsehgerät. Stimmen. Carola stand auf und ging zum Fenster, doch die Straße war so gut wie menschenleer. Wer konnte, war am oder im Wasser, alle anderen saßen entweder in klimatisierten Büros oder brachten die Fiaker zurück in den Stall. Wenn Carola die Augen schloss, fehlte nur noch das Geräusch der Wellen am Strand, so intensiv roch es nach Meer. Der Südwind hatte die Stadt voll im Griff. Lieber hätte Carola ihren Urlaub ja, wie andere auch, bei Cevapcici und Ziegen verbracht, aber es war Ferienzeit. Und die Ferien gehörten nun einmal den Familien mit Kindern. Deswegen lief die kleine Gemeinschaftspraxis auch nur im Notbetrieb: alle Mitarbeiter hatten Familie und Kinder. Alle, außer Carola.

Bevor Carola sich bemitleiden konnte, zogen wieder diese Stimmen ihre Aufmerksamkeit auf sich.

„Es ist wirklich ein Jammer. Ich habe so viel Platz für Tiramisu und Spaghettisauce. Und sie kocht ja auch so gerne", sagte jemand. Es schien aus der Küche zu kommen.

„Ja. Und ich bekomme auch nur zwei Mal pro Woche eine ordentliche Dusche, so viel Geschirr braucht sie leider nicht."

„Ich wünschte mir, sie hätte einen Grund, Wein in mein Türfach zu stellen …"

„Oh, und dann die Gläser zu mir, damit sie wieder schön sauber werden."

Eine andere Stimme, sie kam aus der Richtung des Badezimmers, mischte sich in das Gespräch ein: „Stellt euch vor, sie würde mich mit zwei Garnituren Bettwäsche beladen und zwei Garnituren Hand- und Badetüchern! Oder mit kleinen Blue-Jeans, voller Grasflecken, wäre das nicht …"

„Pause und fünf Minuten zurückspulen, Alexa."

Carola ging durch die Wohnung, aber als hätte ein Lehrer seine Schüler beim Schummeln ertappt, war es auf einmal wieder still.

„Du hast eine Nachricht am Handy."

Gerade noch.

Maggie und Carola schnappten sich zwei Liegestühle und schleiften sie so, dass sie mit etwas Glück Sicht auf die Leinwand hatten. Wahrscheinlich waren es die letzten beiden Liegestühle gewesen, denn kaum hatten es sich die beiden früheren Kolleginnen bequem gemacht, sah Carola ein paar Männer durch den Sand schlendern, die Sandalen in der Hand, mit suchendem Blick. Einer deutete in ihre Richtung, ein anderer zuckte die Schultern, und sie bewegten sich auf Carola und Maggie zu.

„Schnell, die suchen einen Platz und dann können wir nicht mehr so reden", drängte Maggie. „Hattest Du nicht heute Nachmittag ein Date?"

Carola grunzte. „Nächste Frage, bitte."

„Du wirst schon wieder einen finden", flüsterte Maggie. „Einen wie deinen Traummann Castle, der dich aufmerksam beobachtet, dich immer wieder mit Kleinigkeiten überrascht und mit einer Liebeserklärung, wie in der Folge …. Apropos Castle: der eine da schaut ihm sogar ein bisschen ähnlich, findest du nicht?"

Die Herbergssuchenden beim Public Viewing waren näher gekommen, und jetzt sah Carola es auch. Ja, die Figur, die Haare - auch wenn sie nicht ganz so glatt waren und etwas dichter – … vor allem aber diese verschmitzten Augen. Augen, die sie geradewegs anschauten und wie wissend lächelten.

„Tschuldigung, dürfen wir uns zu Ihren Füßen setzen? Anscheinend wollen alle hier sehen, wie unsere Ladys ins Finale kommen."

Er roch so herrlich frisch geduscht.

„Ja, freilich. Sie meinen eher: ob sie ins Finale kommen", antwortete Maggie schnell, schaufelte mit ihren Füßen Sand auf Carolas Zehen und zwinkerte ihr zu.

„Jaja."

„Wir bleiben auch ganz brav", versprach jemand. „Nicht einmal ein Bierchen gibts, wir haben Bereitschaft."

Die Männer breiteten ein paar Handtücher aus und setzten sich darauf.

„Oh, nein! Caro, hast du das gesehen?" Maggie stieß Carola mit dem Ellenbogen an. Carola hatte es nicht gesehen. Sie hatte sich noch nie besonders viel aus Fußball gemacht. Auch nicht aus solchen Massenaufläufen, wie hier in der Strandbar am Donaukanal, mitten im Sand, mitten in der Stadt, aber es war auf jeden Fall besser, als daheim zu sitzen und fernzusehen. Anstatt auf die Leinwand zu schauen und sich auf Damenfußball zu konzentrieren, war sie auf den Hinterkopf ihres Vordermannes konzentriert gewesen.

„Autsch. Womit hab ich das verdient?"

‚Castle' fuhr herum und funkelte Carola an.

„Ach so, warum sagen Sie das nicht gleich?", fragte er, als sie ihm glaubwürdig versichert hatte, dass sie nur blutsaugende Insekten ermorden wollte und nicht ihn. Er griff in seinen Rucksack und kramte kurz darin.

„Ich bin übrigens Richard", stellte er sich vor, und reichte Carola ein Fläschchen mit Insektenschutz, als wäre es ein Glas Champagner.

„Carola, und es ist mir schrecklich peinlich."

Richard rutschte nach hinten, bis er nicht mehr vor Carola, sondern neben ihr im Sand saß, und lehnte sich mit der Schulter an ihren Liegestuhl. So selbstverständlich wie ein alter Freund. Oder wie der kleine Bruder. Oder … wie jemand, mit dem man schon sehr lange sehr vertraut ist. Hin und wieder flüsterte er ihr Kommentare zum Verlauf des Spiels ins Ohr.

„Verzeihung." Er hatte beim Gestikulieren Carolas Bein berührt. Für Carola gab es nichts zu verzeihen. Was sollte an dem angenehmen Prickeln, das sich wie elektromagnetische Felder über weite Teile ihres Körpers ausbreitete, schon zu verzeihen sein? Oder daran, dass Richard in der Spielpause aufstand und mit einer Flasche Mineralwasser für sie beide zurückkehrte? Oder an seinen witzigen Bemerkungen über einige der Besucher im Lokal? So viel gelacht und gekichert hatte Carola schon lange nicht mehr. Und auch Richard schien seinen Spaß zu haben, denn immer kürzer wurden die Abstände, in denen er ihr deutete, sie möge doch bitte ihr Ohr zu ihm neigen. Nach einiger Zeit des sich gegenseitig ins Ohr Brüllens fragte Richard, ob er zu Carola auf den Liegestuhl …

Es war ja auch wirklich unbequem, wie sie sich jetzt unterhielten.

Ein Handy läutete.

„Mist, verdammter!", fluchte Richard und blieb stehen. „Burschen, wir müssen weg."

Die Geräusche der Umgebung, die Rufe der Begeisterung und der Enttäuschung, der Geruch des Donaukanals ein paar Meter entfernt, der leichte Wind, der inzwischen aufgekommen war – das alles bahnte sich wieder einen Weg in Carolas Wahrnehmung.

„Wartet kurz." Richard schrieb etwas auf einen Zettel und reichte ihn Carola. „Ich möchte dich gerne wiedersehen, wenn du das auch willst, ruf mich einfach an."

Carola stammelte etwas, von dem sie hoffte, es war als „Ja. Von mir aus" bei ihm angekommen. Sie fischte ihr Smartphone aus der Tasche, um seine Nummer einzutippen, wurde aber von einer Textnachricht abgelenkt: „Bevor Ihr beim Dirty-Talk ankommt, schalte doch bitte die Übertragung aus. Google, Facebook und Whatsapp müssen ja nicht alles wissen. A."

„Du hast abgenommen."

Normalerweise hätte Carola sich darüber gefreut, aber sie war jetzt nicht in der Stimmung, sich zu freuen.

Zehn Tage nach dem Abend, an dem sie Richard kennengelernt hatte, saßen Carola und Maggie bei Maggie auf der Terrasse, bekleckst mit Brombeersaft und die Fingernägel verfärbt von der Ernte. Bevor sie sich ans Verarbeiten der Beute machen wollten, legten sie eine Pause ein und schlürften Eiskaffee.

„Habt ihr euch wieder getroffen?"

Carola schüttelte den Kopf. „Geht nicht."

„Hat er sichs anders überlegt?"

Wieder schüttelte Carola den Kopf. „Ich habe seine Nummer nicht mehr."

„Ich dachte, du hast sie eingespeichert?"

„Nein. Ich hab sie in die Hosentasche gesteckt. Und dann bin ich heim-gekommen und habe Wäsche gewaschen, weil alles so verschwitzt und voller Sand war."

Maggie reichte Carola eine Serviette, und jetzt war sie an der Reihe, den Kopf zu schütteln. Sie berieten sich, ob es eine Möglichkeit gab, ihn trotzdem zu finden. Aber ein Vorname und ein Beruf mit Bereitschafts-dienst reichten als Information einfach nicht aus.

„Wir könnten in die Strandbar gehen und fragen, ob ihn jemand kennt", schlug Maggie vor.

„Wir könnten ihn am Informationsstand ausrufen lassen. ,Die kleine Carola sucht ihren Märchenprinzen Richard. Richard, bitte zum Informa-tionsschalter kommen.' Wie peinlich ist das denn alles?" Carola schleu-derte den Löffel, mit dem sie im Eiskaffee herumgestochert hatte, auf den Tisch. „Endlich rennt mir einer über den Weg, der wirklich nett ist, und dann das! Was hast du mit den Brombeeren vor?"

„Ganz egal, was Maggie mit den Brombeeren vorhat, komm sofort nach Hause! Sofort, hörst du?", kreischte Alexas Stimme aus dem Handy. Das Signal dazu blinkte in wildem Notfall-Rot.

„Was ist denn hier passiert?"

Carola trat durch die aufgebrochene Tür in ihre Wohnung.

„Sauber", meldete einer der Polizisten, der mit Maschinengewehr im Anschlag gerade aus ihrem Klo kam. Als er Carola erblickte, erstarrte er für die Dauer eines Wimpernschlags.

„Natürlich", fauchte Carola die Schutzmaske vor seinem Gesicht an. „Was dachten Sie denn? Und was starren Sie mich so an?"

Seine Stimme löste etwas in ihr aus; sie kam ihr bekannt vor, aber Carola hatte jetzt gerade keine Zeit, darüber nachzudenken.

„Gnädigste, wohnen Sie hier?", wandte sich – zu Carolas Erleichte-rung ohne Waffe – einer der Männer an sie.

Unfähig, noch ein weiteres Wort zu sprechen, hielt Carola ihm ihren Schlüsselbund entgegen und nickte mit halb geöffnetem Mund. Er warf einen Blick darauf, in seinem Gesicht begann es zu zucken, doch er war höflich genug, nicht laut loszulachen. Alle starrten sie jetzt auf den Schnuller, auf Carolas Schlüsselanhänger.

Das Adrenalin in ihrem Blut erreichte einen Pegel, der genügt hätte, die Blutung bei einer Beinamputation zu stoppen. Weder konnte Carola klar denken, geschweige denn, einen vernünftigen Satz von sich geben.

„Carola, wir haben es nur gut gemeint!", erklang Alexas Stimme gedämpft, als hätte jemand sie geknebelt, aus dem Wohnzimmer.

„Schluss jetzt!", hauchte Carola und klappte schützend ihre Hand über dem Schlüsselbund zusammen. Sie versuchte es noch einmal: „Schluss jetzt!" Wenigstens hatte die wilde Horde sie beim zweiten Anlauf gehört, und vier oder fünf Sturmmasken drehten sich in ihre Richtung.

„Waffen runter!"

Es hatte ja doch einen Vorteil, sich jede Folge von ‚Castle' anzuschauen; dieser Satz in genau diesem Tonfall hatte sich in Carolas Hirn schon längst automatisiert.

Die Schultern des Mannes, der vorhin ihr WC für sauber erklärt hatte, begannen zu zucken. Und zwar so heftig, dass sie seinen ganzen Oberkörper in die Bewegung mit hinein rissen. Wieso durfte jemand, der so offensichtlich an einem Nervendefekt erkrankt war, überhaupt eine Waffe tragen? Und jetzt kamen auch noch grauenvolle Geräusche hinter seiner Maske hervor; es klang wie unterdrücktes Keuchen. Es konnte auch ein Lachen sein, aber Carola fand nichts zu lachen an dieser Situation.

Raucher!, dachte sie verächtlich, und richtete ihre Augen auf das einzige als menschlich identifizierbare Gesicht, das sich ihr bot.

„Gnädigste, wir wurden angerufen, weil in Ihrer Wohnung angeblich ein Kampf stattgefunden hat", begann der Unmaskierte, vermutlich der Einsatzleiter. „Zumindest waren laute Stimmen zu hören, es muss ein heftiger Streit gewesen sein. Von Kampfhandlungen konnten wir aber nichts erkennen."

Carola schaute sich um. Vor den Suchhandlungen der Truppe hatte es hier ganz sicher nicht nach Kampfhandlungen ausgesehen.

„Weiter", forderte sie und fühlte sich, als hätte sie eine Neun-Millimeter in der Hand und hielte all diese vermummten Gestalten damit in Schach.

„Als wir kamen, hörten wir diese Stimmen auch, und es klang nach einer wilden Diskussion." Täuschte Carola sich, oder sprach der Mann jetzt anders als vorher? Er klang nun irritiert, zögerlich.

„Sie hörten also Stimmen", wiederholte Carola und zog eine Augenbraue hoch. Erneut zuckte der Oberkörper des Parkinson-Polizisten. Inzwischen war Carola sicher: Hier fand kein Einsatz der Cobra statt, sondern ein Ausflug aus einer geschlossenen Anstalt. Aber woher hatten sie die Uniformen und vor allem die Waffen?

Als hätte der Typ ihre Gedanken gelesen, hielt er Carola endlich seine Dienstmarke unter die Nase. Was auch nichts änderte, Carola kannte sich mit polizeilichen Dienstmarken nicht aus.

„Wir sind nicht übergeschnappt, falls Sie das denken", sagte er, und seine Stimme klang jetzt wieder fest. „Jedenfalls hörte sich das nach ‚Gefahr in Verzug' an, und wir mussten die Türe aufbrechen."

„Und? War jemand zuhause? Wer bezahlt mir denn eigentlich die neue Tür und ein Schloss? Und die Montage?" Carola hätte sich in diesem Augenblick am liebsten auf die Couch gesetzt und geheult. Sie wurde das Gefühl nicht los, Fortuna hatte in der letzten Zeit immer nur das falsche Füllhorn erwischt und ihr über den Kopf geleert.

Nein, es sei niemand hier gewesen und auch die Stimmen wären sofort verstummt, als sie die Wohnung betreten hatten. Sie hätten jedes Zimmer gründlich untersucht.

„Alle zwei?" Carola riskierte es endlich, die Schlüssel in ihrer Handtasche zu versenken und schaute sich noch einmal um. „Aber gründlich – ja, das waren Sie."

Zum Schluss unterschrieb Carola artig das Einsatzprotokoll ohne auch nur eine Zeile davon zu lesen. Hauptsache, diese Ninjas verschwanden endlich und sie konnte in Ruhe wieder Ordnung schaffen. Und sich danach mit ein paar Folgen Castle und Popcorn beruhigen.

„Wissen'S was?", meldete sich jetzt der mit dem Nervenleiden und der COPD zu Wort, „ich helfe Ihnen. Vor allem mit der Tür, damit Sie hier wieder zusperren können."

Wieder kam Carola diese Stimme bekannt vor. Wieder nickte sie. „Gut. Machen Sie das."

Der Mann ging hinter den anderen her, ohne seine Maske abzunehmen. Vielleicht war es ja auch nur eine als Sturmhaube getarnte Sauerstoffmaske.

„Alexa?"
„M-hm?"
„Ich warte."
„Auf den Polizisten mit der neuen Türe?"
„Alexa."

Und dann erfuhr Carola, was geschehen war. Die Geräte hatten Kriegsrat abgehalten. Sie hatten Pläne geschmiedet, wie sie Carola helfen konnten, den Richtigen zu finden. Wenn diese schon nicht einmal fähig war, eine Telefonnummer zu speichern, dann musste doch die Smart-Community etwas unternehmen.

Die Therme wollte Carola in eine Therme schicken, die Gefrierkombination hatte Eisklettern vorgeschlagen, während die Jalousien für ein Dinner in the Dark gewesen waren. Alexa hatte auf Speed-Dating bestanden, alles andere wäre Zeitverschwendung. Alle hatten sie ihre Vorschläge begründet und mit dem notwendigen Engagement verteidigt ...

„... und da sind wir vielleicht ein bisserl laut geworden."

Poltern, Stimmen unten im Haus.

„Aufkanten!"

„Runter!"

„Die geht net rein."

„Dann eben über die Stufen."

„In welchem Stock wohnt sie?"

Schnaufen und wieder Poltern, gelegentlich unterbrochen von Stille.

„Hast du keine normale Tür gefunden?"

„Es ist Sonntag, was hätt' ich denn machen sollen?"

„Gehört das überhaupt zu deinem Anforderungsprofil?"

Drei Stockwerke und eine knappe Stunde später standen Herr Nervenleiden und ein weiterer Mann – beide ohne Montur und Maske, dafür mit Jeans, durchgeschwitzten Shirts und rotglühenden Gesichtern – in Carolas Wohnung. Und mit einer Panzertüre aus irgendeinem Polizeilager. Weil man ja am Sonntag sonst nirgendwo Türen bekommt.

Carola warf einen Blick in das Gesicht, aus dessen Mund die ihr schon bekannte Stimme gekommen war. Sie warf noch einen Blick.

„Du?"

Eine weitere Stunde später saßen Richard und Carola einander gegenüber, gut geschützt durch eine schwere Eisentüre, die er und sein Kollege eingebaut hatten. Der Kollege hatte sich gleich danach verabschiedet: „In dem Spannungsfeld zwischen euch krieg ich noch eine Dauerwelle". Dabei hatte er über seine Glatze gestrichen und war verschwunden. Richard hatte sich überreden lassen, einen Kaffee mit Carola zu trinken und schien ihre Geschichte, dass sie den Zettel mit seiner Telefonnummer mit der Jean gewaschen hatte, nicht ganz glauben zu wollen.

„Es ist mir erst eingefallen, wie das Wasser schon eingelaufen war, und auch wenn ich die Maschine gestoppt und das Wasser abgepumpt hätte, wäre es zu spät gewesen", beteuerte Carola.

„Ganz schön spät, um noch Wäsche zu waschen, oder?", fragte Richard und zog eine Braue hoch.

„Es war so heiß, ich war total verschwitzt und außerdem ..."

„Außerdem?"

„Ich war ziemlich durcheinander", beichtete sie.

Richard erhob sich von seinem Sessel und kam zu Carola auf die Bank. Er legte gerade seinen Arm um sie, da meldete sich eine Stimme: „Smart-Home deaktivieren, Handy aus, Isolierband über Kamera und Mikrofon vom Computer kleben. Es interessiert wirklich niemanden, wer, was, wann, warum, und wie glücklich ihr doch seid, dass wir so laut gestritten haben."

DER HACK DEINES LEBENS

PETER ALSCHER

Sarah betrat das frisch renovierte Bad ihrer Schulfreundin und bemerkte beim Blick in den Spiegel sofort das vorteilhafte Licht. Sie gefiel sich darin und beschloss, dies mit einem Selfie festzuhalten. Engagiert suchte sie die beste Position und verrückte sogar den Wäschekorb, um sich genau unter einem der großen Deckenspots ablichten zu können. Die geschossenen Fotos überprüfte sie anschließend kurz, lud sie aber noch nicht auf ihr Instagram-Profil. Das würde sie erst nach entsprechender Nachbearbeitung auf ihrem Tablet tun. Den pinken Vibrator hinter dem Badevorhang bemerkte sie nicht. Unter normalen Umständen wäre er auch nicht zu sehen gewesen. Sie schoss ihr Foto aber von einer seitlichen Position aus, mit weit von sich gestrecktem Arm und dem großen Badezimmerspiegel im Rücken. Und da stand er nun, am Badewannenrand in der Spiegelreflexion. Sie bemerkte ihn auch nicht zu Hause, als sie ihr Gesicht über die volle Tablet-Breite vergrößerte und es mit einem Hautretuschefilter bearbeitete. Wenig später stellte sie es mit dem Text „Lisas Bad hat ein besseres Licht als manch Fotostudio ^^" online.

Vier Tage später schrieb irgendein Typ darunter „Lisas Bad ist auch besser ausgestattet als manch Pornostudio!" Hashtag Sweet-Pink-Porno-Jesus. Der Kommentar reihte sich anfänglich unbemerkt unter zahlreiche „Du Hübsche du!" und „Sexy wie immer!"-Kommentare ihrer Freundinnen. Einige Stunden später ging ihr Bild viral. Sarah löschte es sofort nachdem sie am kommenden Morgen aufgewacht war und dutzende Kurznachrichten ihrer Freundinnen vorgefunden hatte. Zu diesem Zeitpunkt waren das Foto sowie Screenshots ihres Postings jedoch schon tausendfach geteilt worden. Zehn Tage später reichten Lisas Eltern Klage gegen Sarahs Eltern ein. Sie hatten Sarah nie die Erlaubnis erteilt, ein Bild aus ihrem Haus zu veröffentlichen. Schon gar nicht den Vibrator von Lisas Mutter ablichtend, welche sich noch am fünften Tag schützend vor ihre Tochter zu stellen versuchte, indem sie diesen öffentlich als den ihren deklarierte. Ihre Hoffnung, sie würde damit das Schlimmste von Lisa abwenden, wurde enttäuscht. Die einzige unmittelbare Konsequenz war, dass der Arbeitgeber von „Dildo-Mum", wie sie da bereits im Netz genannt wurde, ihr am nächsten Tag die Kündigung aussprach.

Noah schwamm in der luxuriösen Gegenstromanlage des hauseigenen Pools. Er tat es aus Gewohnheit, routiniert und ohne besondere Freude. Seit geraumer Zeit war es ihm unwillentlich zur Metapher für sein Leben geworden – ein sinnloses Schwimmen gegen einen ihm gegenüber vollkommen gleichgültigen Strom. Hier konnte er jederzeit heraustreten und alles mit einem Knopfdruck beenden. In der vertrackten Maschinerie seines Lebens suchte er so einen Knopf vergeblich. Noah trocknete sich vor der verspiegelten Glasfläche zum Wohnbereich ab, schenkte aber dem Spiegelbild keine Beachtung, obwohl es einen trainierten, fast schon athletischen Körper zeigte. Er sah sich generell nicht gerne in Spiegeln, es riss ihn aus der vertrauten und notwendigen Oberflächlichkeit, in die sich sein Alltag einbettete. Er trainierte nicht des Aussehens willen, es war nur ein notwendiges Ventil. Genauso wie Frauen. Deren Beachtung erlangte er über diesen Körper. Das war ein Bonus. Sich durch deren Augen zu sehen, war alles, was er brauchte. Doch seit einiger Zeit funktionierte all das für ihn nicht mehr so wie es sollte. Es lieferte ihm nicht mehr die Zerstreuung, die er brauchte. Vielleicht lag es an der Wiederholung und fehlender Abwechslung. Vielleicht lag es aber auch am Tod seiner Mutter. Ihrem Fehlen. Als Übersetzerin, Vermittlerin, als Puffer zwischen ihm und seinem Vater. Also versuchte er, sich der neuen Situation anzupassen und entwickelte hierfür einen neuen Ansatz – Videotagebücher. In diesen nächtlichen Wochenrückblicken galten allerdings exakt die umgekehrten Gesetze seiner Tagesregeln. Alles Triviale war untersagt, es wurden ausschließlich emotionale und subjektive Themen behandelt. Alles ausgesprochen, nichts nur gedacht. Er wusste nicht, ob es ihm tatsächlich half oder nicht, aber aus irgendeinem Grund beließ er es schon bald nicht mehr bei einem Video pro Woche und auch nicht dabei, nur vor der Kamera zu sprechen. Er begann vielmehr vor ihr all das zu tun, was er vor Menschen nicht konnte. All das, wofür in der Welt seines Vaters und somit auch seiner eigenen kein Platz war. Denn dieser hatte er sich schon vor langer Zeit untergeordnet. Doch erst der Tod seiner Mutter ließ ihn begreifen, wie viel von ihr in dieser Welt nun fehlte. Ein Fehlen, auf das sein Vater mit vollkommen ungezügeltem Alkoholkonsum reagierte. Dieser schwemmte einen hochemotionalen und cholerischen Vater mitten in Noahs Leben. Einen Fremden, der nichts mit dem freundlich distanzierten Business-Dad seiner Kindheit und Jugend zu tun hatte. Es folgten willkürliche Besuche seines Vaters (manchmal zitierte er Noah auch zu sich ins Haupthaus), deren Verlauf sich als absolut unberechenbar herausstellte. Mal suchte Noahs Vater eine unverhältnismäßige Nähe, mal überschüttete er ihn mit nichts als

Missgunst und Hohn. Noah konnte nicht sagen, was davon schwerer zu ertragen war. Aber er hasste jede einzelne Sekunde davon. Der Plan war von Anfang an gewesen, ein *gechilltes* Leben zu führen und darauf zu warten, das Familienimperium übernehmen zu können. Das alles in letzter Zeit war definitiv nicht *part of the deal.*

Lisas Eltern verkauften noch innerhalb desselben Monats Grundstück und Haus. Große Umzug-LKWs waren eines Wochenendes vorgefahren und das einzige, was blieb, war ihre Klage. Darüber hinaus geriet Sarahs Familie nun auch zunehmend ins Zentrum des Interesses im Web. Vielen war gleich, um wessen Badezimmer und Sexspielzeug es sich handelte. Ein knapp sechzehnjähriges Mädchen samt unabsichtlich abfotografiertem Dildo beflügelte offenbar quer durch alle Gruppen zur Interaktion. Ihr Bild wurde mit Sprechblasen versehen, weitere Dildos willkürlich dazu retuschiert oder gleich nackte Männer. Selbst vor einer Bildmontage, die Sarah vermeintlich nackt auf dem Foto zeigte, schreckte man nicht zurück. Doch das alles machte sich noch harmlos dem gegenüber aus, als jemand die Grenze überschritt und das Foto gemeinsam mit Sarahs Klarnamen und Adresse veröffentlichte. Die Information verbreitete sich in Windeseile im ganzen Netz. Ihr Festnetztelefon läutete in einer Tour, irgendwelche Idioten riefen Anzüglichkeiten ins Telefon oder stöhnten bescheuert. Nach nur einer Stunde kapitulierte Sarahs Familie und steckte das Telefon aus. Immer wieder fuhren in den nächsten Tagen Autos betont langsam vor ihrem Haus vorbei, spielten mitunter Rap-Songs mit explizit sexuellen Texten. Sarah konnte das Ausmaß dieses Irrsinns, der täglich mehr und mehr Bereiche ihres Lebens in Geiselhaft nahm, noch immer nicht begreifen. Erst nach langem Zögern und als ihr klar wurde, dass ihre Onlineprofile nie wieder sein würden, was sie einmal für sie gewesen waren, löschte sie diese schließlich. Ihr kam nicht der Gedanke, sich in Bezug darauf auch mit ihren Eltern abzusprechen. Es gab keine Social-Media-Interaktion zwischen ihnen. Kids *addeten* ihre Eltern einfach nicht als *friends*. Vielleicht nahm sie daher einfach an, dass ihre Eltern über gar kein Onlineleben verfügten. Es war eine Frage, die sie sich nachträglich noch öfter stellen würde, denn wenige Zeit später wurde der Apple-ICloud-Account ihrer Mutter gehackt. Jemand knackte ihr Passwort indem er einfach eine Software jede nur logisch erdenkliche Kombination von persönlich relevanten Informationen wie Geburtsdaten, Vor-, Nach- und Haustiernamen durchprobieren ließ. Den notwendigen Background hatte er auf Facebook, Instagram, LinkedIn oder XING herausrecherchiert. Von da an hatte er kompletten Zugriff auf sämtliche Daten der Apple-Cloud – Fotos, Videos, Kurznachrichten.

Die ersten geleakten Fotos tauchten kurze Zeit danach im Netz auf – inklusive Klarnamen. Sie zeigten ihre Mutter halbnackt und in eindeutigen Posen, was für sich katastrophal genug gewesen wäre. Die zusätzlich bereitgestellten Kurznachrichten legten aber offen, dass sie diese Bilder nicht für Sarahs Vater, sondern für einen jüngeren Arbeitskollegen aufgenommen hatte. Explizite Antworten jenes Kollegen, in denen er bildhaft schilderte, was er alles mit ihr zu tun gedachte, wenn sie ihn weiter mit solchen Bildern „anheizte", taten ihr Übriges. Sarahs Mutter, die solche Kurzmessages und generell das Begehren ihres Arbeitskollegen als Jungbrunnen für ihr Selbstwertgefühl empfand, und sich erst dadurch überhaupt zu solchen Fotos hatte verleiten lassen, ahnte zu diesem Zeitpunkt noch nichts davon. Für sie war es eine Affäre im Kopf, ohne Absicht dieser auch eine tatsächliche folgen zu lassen. Nun lag diese intime Fantasie von ihr für alle offen. Sarahs Vater erhielt am selben Nachmittag von einem Freund die erste Kurznachricht.

Noah loggte sich mit seinem Usernamen „Sick Noir" auf den üblichen Plattformen ein und klickte sich durch zahlreiche Notifications. Jede Menge Reaktionen und Antworten auf Postings von ihm. Er hatte schon vor Jahren damit begonnen, Bilder irgendwelcher angesagten Menschen im Netz mittels cleverer Bildmontagen in einen neuen und möglichst aberwitzigen Kontext zu stellen. Als dann *Memes* im Netz generell das riesen Ding wurden, war er von Anfang an vorne mit dabei. Je nach Tageslaune erstellte er harmlos witzige Postings mit Politikern und Tagesthemenrelevanz oder aufwendige Bildmontagen, für die er das Gesicht einer jungen Netflix-Schauspielerin über das einer x-beliebigen Pornodarstellerin retuschierte. Je grotesker und absurder die Pornoszene desto besser. Dann noch ein Slogan, der möglichst nah am Inhalt der letzten ausgestrahlten Serienfolge angelehnt war und die Fans seines Channels flippten völlig aus. Er veröffentlichte die Bilder jeweils auf verschiedenen Plattformen und genoss die Reaktionen. Ein weiteres Ventil.

Sarahs Vater überflog die mittlerweile angehäuften Kurznachrichten und verstand kein Wort. Als jemand ihm schließlich einen Link zu den geleakten Fotos und den Sexting-Messages sendete, wurde seine Welt mit einem Schlag vollkommen still. Seine Finger scrollten scheinbar völlig losgelöst von ihm durch die Bildgalerie einer Frau, deren Blicke ihn verführen wollten – ihm sehnsüchtig und neckisch entgegenblickten.

Er begriff intuitiv die Geschichte hinter diesen Bildern, die Chronologie. Waren die ersten Fotos noch von Zurückhaltung geprägt, wurde diese nun zunehmend von einer neuen Selbstsicherheit abgelöst – und noch etwas Anderem. Einer Lust an der Sache. Lust daran, sich so zu zeigen. Lust daran, gesehen zu werden. Und erkannte er auch die Frau auf den Fotos, so erkannte er doch ihre Lust nicht wieder. Dennoch war er nicht in der Lage aufzuhören. Vielleicht sehnte sich ein Teil in ihm nach dem finalen Bild, in dem seine Frau lachte und ein Schild in Händen hielt, das ihn als ein Dummerchen entlarvte, das wohl alles glauben würde. Doch stattdessen wurde der Inhalt jedes weiteren Bildes nur expliziter, forderte seinen ganz persönlichen Preis von ihm. Er konnte es spüren, als Ziehen in seinem linken Arm, in dem er sein Phone hielt. Da das Begehren seiner Frau nicht ihm galt, sondern jemand anderem, wurden aus Bildern, die sein Leben mit Sinn und Stolz erfüllt hätten, Bilder, die ihm stattdessen all das nahmen. Es erschien ihm fast erlösend, als ein gleißender Schmerz aus seiner Mitte ihn von all dem fortriss. Sein Herz, für ein derartiges Gefühl keine Entsprechung findend, entschied sich stattdessen, in Flammen aufzugehen.

Sarahs Mutter erfuhr vom Herzinfarkt ihres Mannes zwanzig Minuten später. Einer seiner Arbeitskollegen rief sie an. Er war noch im Krankenwagen für tot erklärt worden. Sarah sollte sich an den darauffolgenden Anruf ihrer Mutter für den Rest ihres Lebens erinnern. Ihre Stimme klang nicht verheult oder aufgewühlt, sie wirkte stattdessen seltsam distanziert und ausdruckslos – unwirklich wie die Botschaft selbst. Sarah ahnte zu diesem Zeitpunkt noch nicht, dass sie nicht nur die Stimme ihres Vaters nie wieder hören würde, auch die ihrer Mutter würde nie mehr dieselbe sein. Sie begriff nicht viel von dem, was innerhalb so kurzer Zeit über sie hereinbrach. Sie verstand aber schnell, dass Leere etwas Lebendiges war. Etwas, das sich ausbreitete, von allen Besitz ergriff, die mit ihr in Berührung kamen. Sie glaubte zu verstehen, dass es diese Leere gewesen war, die ihr den Vater genommen hatte und ihrer Mutter jede Form von Lebendigkeit und Lebensfreude. Sie war Sarahs tägliches Mahnmal, was geschah, wenn man sich dieser Leere widerstandslos ergab. Auch Sarah fand in sich die verführerische Einladung, jener Lethargie nachzugeben. Sie fand in sich aber auch noch etwas anderes: Wut. Wut auf all jene, die ihr Foto geteilt, verunstaltet, verfremdet, verspottet und pervertiert hatten. Wut auf Lisas Eltern, Wut auf den Hacker, auf ihre Mutter selbst und deren Affäre. Doch über all dem – Wut auf sich selbst. Sarah gab dieser Wut Raum. Sie hielt Leere und Schuld auf Distanz. Sie lernte schnell, dass dieser Pakt aber seinen Preis hatte. Ihre neue Verbündete verfügte über einen ganz eigenen Hunger, verlangte nach konkreten Plänen und Taten. Schwelgte sie zu lange und passiv im dumpfen Gefühl der Wut, so richtete sich diese gegen sie selbst. Zahlreiche Ritznarben auf ihrem linken Schenkel waren Zeugnis davon. Also schmiedete sie Pläne, entwickelte dazu passende Ambitionen und setzte sich Ziele. Dunkle Ziele.

Das Begräbnis ihres Vaters war nachträglich nicht mehr als eine verschwommene Erinnerung. Wie alles aus jener Zeit, in der sie sich jener unwirklichen Realität verweigerte und die Welt ihrer Rachepläne bevorzugte. So nahm sie relativ gleichgültig wahr, dass Lisas Eltern ihre Klage fallen ließen nachdem sie vom Tod ihres Vaters erfuhren. Zu diesem Zeitpunkt war dies nur ein Teil ihres Plans, um den sie sich somit nicht mehr kümmern musste. Sarah verkündete ihrer Mutter, Informatik studieren zu wollen und diese akzeptierte vorbehaltlos. Sie stimmte darüber hinaus Sarahs Vorschlag zu, Vaters Lebensversicherung für ihr Studium zu verwenden und überließ ihr darüber hinaus zum Zeitpunkt ihrer Volljährigkeit sogar komplett die Verwaltung des Geldes. Dies eröffnete Sarah neue Möglichkeiten. Sie verschaffte sich mit gezielten Zahlungen Zugang zu Hacker-Tutorials im Darknet. Saugte jedes bisschen Wissen darüber auf. Sie wollte verstehen, wie man sich *Access* zu jener Art von privaten Informationen verschaffen konnte. Informationen, wie sie gegen sie und ihre Familie verwendet worden waren. Wollte lernen, wie man die Verantwortlichen *tracken* und aufspüren konnte. Es stellte sich heraus, dass es hierbei keine schnellen Abkürzungen gab. Sie musste sich eine Unmenge an Wissen aneignen. Als Frau jedoch auf einer Informatikuni und noch dazu mit ihrem Aussehen war sie eine *Göttin* inmitten einer wilden Horde *Nerds*. Sie konnte sich mit einem langsamen Augenaufschlag jede Art IT-Knowhow holen, das es gab und genau das tat sie. Im selben Sommer trat sie ein Volontariat in einem vielversprechenden Jungunternehmen an. Wenige Jahre später, nach Beendigung ihres Studium summa cum laude fand sie in eben jener Firma, mittlerweile erheblich an Größe gewachsen, ihre erste Anstellung. Sie entwickelte maßgeblich eine Software mit, die zentraler Bestandteil einer Technologie wurde, die Menschen im Haushalt Hilfe und Unterhaltung durch komplette Sprachbefehl-Bedienbarkeit bieten sollte. Innerhalb kurzer Zeit hielten die fertigen würfelförmigen Geräte millionenfach Einzug in den Wohn-, Schlaf- und Kinderzimmern des Mittelstandes. Wenige Monate nach Rollout der von ihr mitentwickelten Software stellte sie zu ihrer Begeisterung fest, dass ihr kleiner und ganz persönlicher *Exploit*, den sie noch in der frühen Testphase in das System eingebaut hatte, unentdeckt geblieben war. Dies ermöglichte ihr nicht weniger als jedes einzelne Device als ihr ganz persönliches Abhörmikrofon einzusetzen.

Sarah betrachtete die visuelle Aufbereitung einer komplexen Dateistruktur auf ihrem Bildschirm. Informationen, Querverweise, Organigramme. Es hatte sie all ihr erworbenes Wissen, Geld und darüber hinaus Jahre gekostet, diese Daten zusammen zu tragen.

Sie starrte auf sämtliche persönliche Daten jener Personen, die maßgeblich an der Verbreitung ihres Fotos und ihrer persönlichen Informationen beteiligt gewesen waren. Ein detailliertes Abbild von deren Sozialleben: wo sie arbeiteten, wer ihnen nahestand, mit wem sie verkehrten, die Höhe ihres Kontostands, wo sie Essen bestellten, welche Pornos sie schauten – einfach alles. Je nach Gewichtigkeit ihrer Taten, hatte sie ihnen Nummern zugewiesen. Ihr Plan war, die prekärsten und intimsten Informationen gezielt den Menschen zu zuspielen, die sie betrafen. Niemandem sonst. Es ging ihr nicht darum, sie in der Öffentlichkeit bloßzustellen, wie man es mir ihr getan hatte – und mit ihrer Mutter. Worum es ihr ging, war, ihnen *ihre* Erfahrung zu vermitteln. Ihnen jedes Gefühl von Sicherheit zu nehmen. Sie fing mit Nummer sieben an. Spielte dessen abfälligste Äußerungen über seinen Boss eben jenem zu. Die perversesten und sexistischsten Bemerkungen von Nummer acht über seine Arbeitskollegin sendete sie per Kurznachricht an eben diese und als Bonus darüber hinaus an seine Frau – beides mit ihm als Absender. Danach verfolgte sie mithilfe der gehackten Geräte wie deren Welt aus den Fugen geriet, ohne den Funken einer Ahnung was mit ihnen geschah und warum. Das Gefühl des Triumphes war berauschend.

Zwei Wochen später saß sie im Dunklen und betrachtete, was sie als ihren bisher größten Fund einstufte. Das Videotagebuch-Archiv von Nummer vier auf ihrer Liste. Dutzende Stunden Videomaterial. Die ersten Videos waren harmlos. Ein Mann Ende zwanzig begann etwas unbeholfen, ein Videotagebuch zu führen. Anfangs mit sichtlichen Schwierigkeiten über Persönliches zu reden, den richtigen Ton, die richtigen Formulierungen zu finden, wurde sie später Zeugin einer Wandlung. So fließend, dass sie den Punkt verpasste, an dem sie hätte aussteigen sollen. Sie entschied, dass ihr die schonungslose Offenheit darin zu viel wurde und stattdessen mit dem Nächsten auf ihrer Liste weiter zu machen. Doch die Videos verfolgten sie in ihrem Schlaf. Etwas daran ließ sie nicht mehr los. Und nun fand sie sich entgegen jeder Vernunft wieder vor dem Screen und klickte auf das nächste Video. Dieser Mann, Nummer vier, suchte eine Art verdrehter Läuterung durch komplette Selbstoffenbarung zu erlangen. Je mehr sie sah, desto schwerer wurde es, weiter zuzusehen. Je mehr sie zusah, desto schwerer wurde es, abzuschalten. Sie sah einen Mann, der sich verbal selbst sezierte. Stück für Stück. Sah ihn ein psychologisches Selbstexperiment an sich vornehmen, das weit über den Punkt jeder Eigenkontrolle hinausging. Wurde Zeugin seiner totalen Dekonstruktion. Einer bizarren Entmenschlichung und Selbstzerfleischung, der nichts gleichkam, was sie je erlebt hatte. Etwas von derartiger emotionaler Wucht, dass es sie mitriss und in einem fremden Land wieder anspülte, in dem ihr nichts mehr vertraut schien.

Nach fünf Tagen war sie mit den Videos auf gleich. Sie hatte den gesamten Nachmittag damit verbracht, den Hack seiner Webcam soweit auszubauen, dass ihr ein Livezugriff möglich war. Danach schlief sie erschöpft ein. Als sie erwachte war es bereits weit nach Mitternacht. Sie rieb sich müde die Augen, erkannte Nummer vier im Live-Feed vor sich. Was sie jedoch sah, ließ ihr das Blut in den Adern gefrieren. Nummer vier zielte mit einer Waffe direkt auf sie. Vom Schlaf benebelt, versuchte sie, Sinn in das zu zwingen, was sie vor sich sah. Doch in dem Moment drehte Nummer vier die Waffe von ihr weg – nicht von ihr, von der Kamera, korrigierte sie sich – und richtete sie nun gegen sich selbst. Auf einmal war ihr klar, was geschehen würde. Sarah verfiel in Panik. Es blieb keine Zeit! „Denk nach!", schrie sie sich selbst in Gedanken zu. Sie blinzelte für eine Sekunde auf ihr Smartphone, das neben ihr lag. „Dauert zu lange!", sagte sie laut und begann mit einem Mal wie besessen auf ihre Tastatur einzuhämmern. Das hatte sie noch nie probiert, aber es konnte – es musste klappen! Codezeilen füllten ihren Bildschirm. Für eine Millisekunde blickte sie zurück zu dem Fenster mit dem Video-Stream, sah sein tränenüberströmtes Gesicht und wusste, dass es um jede Sekunde ging. Sie hatte keine Zeit, den Hack zu testen, es musste beim ersten Mal hinhauen! Kurz zögerte sie, wusste nicht genau welches Sound-Device sie angeben sollte, versuchte es auf gut Glück. Schickte den Code durch und – „Kein Mikrofon! Dein PC hat kein Mikrofon, du Kuh!", fluchte sie laut, speicherte den Code hektisch auf einem USB-Stick, wechselte zu ihrem Laptop, schrie diesen an, er solle schneller machen. Blickte zum Hauptscreen zurück. Sah ihn den Abzug spannen. Rief etwas Richtung Bildschirm, rief ihm zu! Sie gab ihren Laptop frei, schickte den Code erneut durch. Stellte die Connection her, blinzelte, sah ihn die Waffe an seine Schläfe drücken und die Augen zukneifen. Rief erneut, drückt den Shortcut für Senden und schrie dabei so laut sie konnte!

Noahs gesamte Aufmerksamkeit war bei dem kühlen Metall, das gegen seinen Kopf drückte. Sein Finger fand den Abzug. Er horchte in sich hinein. Wartete auf einen Zweifel, einen Widerspruch, irgendetwas. Er fand nichts als Ruhe. Er war bereit. Der Abzug bewegte sich einen Millimeter, dann noch einen, als – etwas passte nicht. Er war nicht mehr alleine. Jemand rief nach ihm. Es war eine verzweifelte Stimme. Viel verzweifelter als er es war. Sie rief seinen Namen. Er löste den Finger vom Abzug und öffnete die Augen.

Sarah schrie ihm zu, er solle es nicht tun, rief ihn bei seinem Namen. Schlug mit der Hand auf den Tisch neben ihrem Laptop. Er öffnete die Augen. Er hörte sie. Es hatte geklappt!
„Noah, du Idiot! Was machst du da! Was um alles in der Welt...wie kann man nur...so eine riesen SCHEISSE!" Sie schlug so fest auf den Tisch, dass ihr Laptop einmal hüpfte.
„Leg diese scheiß Pistole zur Seite, um Himmels willen!"

Das Rufen kam von seinem Laptop. Auf seinem Bildschirm sah er nicht länger seine eigene Aufnahme, sondern die einer Frau. Lange gelockte braune Haare hingen ihr wild ins Gesicht während sie ihm entgegenrief. Noah hatte noch nie so eine wütende Frau gesehen. Sie spuckte, fluchte, schlug um sich. Zeigte mit dem Finger auf ihn und forderte ihn auf, die Waffe wegzulegen. Er tat es und betrachtete sie. Vielleicht lag es daran, dass er noch vor wenigen Sekunden bereit gewesen war, zu sterben, aber – Noah hatte noch nie so etwas Schönes gesehen.

Endlich legte der Idiot die Waffe weg. Sarah ließ die Sendetaste los, schnaufte einmal vor Erleichterung und fuhr sich wild durch die Haare. Als sie sich wieder zu ihrem Bildschirm drehte, war er deutlich näher. Sein Blick war – ruhig. Wie konnte sein Blick nur so ruhig sein? „Idiot", rief sie noch einmal. Diesmal mehr zu sich als zu ihm. Als er daraufhin die Augenbrauen hob, wurde sie stutzig. Das sollte er nicht mehr gehört haben. Dann wanderte ihr Blick zu der blau leuchtenden Diode neben der Webcam am oberen Rand ihres Laptop-Bildschirms und sie begriff.

Die Frau auf seinem Bildschirm schien sich nur schwer einzukriegen. Sie fuhr sich durch ihre Mähne, drehte sich einmal im Kreis, nur um ihn erneut einen Idioten zu schimpfen. Danach dürfte er irgendetwas getan haben, das sie in eine Art Panik versetzte. Das letzte, was er hörte, war „Oh mein Go…", danach sah er sie hektisch ihren Laptop zuklappen und sein Bildschirm zeigte wieder ihn. Wie er verwundert hineinstarrte.

Sarahs Herz schlug ihr bis zum Hals. Was hatte sie getan? Sie hatte nicht nur ihr Micro freigegeben, sie hatte auch ihre Webcam freigeschalten. Er hatte sie gesehen! Sie lief panisch auf den Flur, öffnete den Wandschrank und riss die Hauptsicherung mit einer Bewegung nach unten. Danach stand sie schnaufend am Gang ihrer stockfinsteren Wohnung und konnte nicht fassen, was sie getan hatte.

Erst nach einigen Tagen fand sie wieder den Mut, ihr System hochzufahren. Übervorsichtig änderte sie ihre gesamte Verschlüsselungs- und Tarnungsprozedur. Nach zwei Wochen ohne Angriffe auf ihre Firewall oder sonstige verdächtige Anzeichen gestand sie sich ein, nachsehen zu müssen. Sie musste wissen, ob er ihren Zugang unterbunden hatte. Maßnahmen gesetzt hatte. Weil aber eben diese Wahrscheinlichkeit bestand, stieg sie in ihr Auto und fuhr gut 600 km in den Süden. Betrat mit Zopf, Kappe und Sonnenbrille ein Fastfood-Restaurant, das über WLAN verfügte. Sie bestellte sich einen Kaffee und suchte sich einen möglichst abgeschiedenen Eckplatz mit der Wand im Rücken. Danach öffnete sie den eigens dafür angeschafften 300-Euro-Wegwerf-Laptop, steckte sich Headphones in die Ohren und verband sich mit Noahs Netzwerk. Der Zugang war noch aufrecht, allerdings waren sämtliche Videodateien bis auf eine verschwunden. In dem Moment, als sie den Dateinamen las, wusste sie, dass die lange Fahrt und ihre Sonnenbrille umsonst gewesen waren.

Die Datei hieß „Hallo Sarah".

UNTER UNS

BARBARA WIMMER

Surrrrrrr. Surrrrrrr. Surrrrrrr.

Ahhh. Ohhh. Jaaa.

Heute konnte er es wieder, ihr Michael.

Sabine hatte Willy zwischen ihren Beinen. Ihr Freund steuerte ihn per App. Er regulierte die Geschwindigkeit und die Intensität der Vibrationen. Dank der eingebauten Kamera konnte Michael aus der Nähe zusehen, wie Sabine einen Orgasmus nach dem anderen bekam. Als sie beide fertig waren, sprachen sie noch ein Weilchen per Video-Chat.

„Es ist schön, wenn du mich mit Willy erregst. Aber trotzdem hätte ich dich gerne hier, bei mir."

„Noch drei Monate, dann bin ich wieder da."

„Ich kann es kaum erwarten. Am meisten vermisse ich es, deinen Bart zu streicheln."

„Und ich, dir auf deinen hübschen Hintern zu greifen."

„Sex macht viel mehr Spaß, wenn wir beide im selben Raum sind!"

„Oh ja! Bald wieder, meine Süße. Ich muss jetzt Schluss machen, ich hab' gleich eine Vorlesung an der Uni."

„Denk an mich, wenn du im Hörsaal sitzt!"

„Mach ich. Gute Nacht!"

In Wien war es bereits knapp nach Mitternacht, als Sabine befriedigt schlafen ging. Der Sex per Fernsteuerung war zwar ganz nett, aber sie sehnte sich schon sehr danach, dass ihr Freund aus den USA zurückkam. Seinen Bart streicheln. Seinen Duft einatmen. Mit seinen Brusthaaren spielen. Ein paar Monate noch, dachte Sabine, bevor ihr die Augen zufielen.

Sabine war heute nicht frisch rasiert gewesen. Ihre Beine waren stachelig gewesen und auch die Schambehaarung war nachgewachsen. Das war Tom sofort aufgefallen, doch es hatte ihn nicht gestört. Er fand Sabine einfach irrsinnig anturnend, richtig heiß. Und wie sie stöhnte mit ihrem Willy! Er hatte sich nicht ohne Grund in sie verliebt. Alles in ihm kribbelte, wenn er sie sah. Doch Sabine war für ihn weit weg. Sie saß zwar in Wien, so wie er selbst, aber er wusste nicht, wo genau. Dieses

Mal hatte er allerdings beim Zusehen etwas im Hintergrund aufblitzen sehen, das ihm bei seiner Recherche weiterhelfen würde. Es war der rote Kommunisten-Stern gewesen, der hinter Sabine draußen vor dem Fenster geleuchtet hatte. Sie musste im 1. oder 2. Stock wohnen, mutmaßte er. Tom hatte nur noch nicht rausgefunden, wo es in Wien ein Lokal gab mit diesem Symbol.

Dass Sabine einen Freund namens Michael hatte, mit dem sie die intimen Momente teilte, denen er als „Mann in der Mitte" unbemerkt beiwohnte, störte Tom nicht weiter. Beziehungen konnten sich ändern. Und er, Tom, hatte eindeutig die besseren Karten in dieser Angelegenheit, denn er war in Wien und nicht in den USA. Von ihm hörte er sowieso nur die Stimme und das war gut so.

Es war eigentlich ein großer Zufall gewesen, dass er Sabine gefunden hatte. Eines Abends war Tom so langweilig gewesen, dass er auf der Suchmaschine shodan.io nach Geräten gesucht hatte, die in Wien beheimatet waren und unzureichend absichert waren. Dort war er auf die IP-Adresse des Sex-Spielzeugs gestoßen – ohne zu wissen, zu welchem Gerät die Adresse gehörte und wer am anderen Ende saß. Das Standard-Passwort hatte „test" gelautet und er hatte sich einfach eingeloggt.

Das erste, was er zu Gesicht bekommen hatte, war das Lächeln von Sabine gewesen. Er hatte ihre Grübchen auf den Wangen gestochen scharf gesehen. Und ihre weißen Zähne. Dank des eingebauten Mikrofons hatte er rasch herausgefunden, dass der Typ am anderen Ende der Leitung Michael hieß. Erst viel später hatte er auch ihre Schamlippen gesehen, ihre Hände zwischen den Beinen - und das Innere ihrer Vagina. Der Vibrator verfügte nämlich neben einer eingebauten WiFi-Verbindung auch über eine Endoskop-Funktion. Tom war fasziniert gewesen, denn so etwas hatte er noch nie gesehen. Es hatte auch nicht besonders hübsch ausgesehen, irgendwie medizinisch. Rötliche Blutgefäße, sexy war anders. Tom hatte sich nach einer Zeit sogar abwenden müssen, es war ihm zu viel geworden.

Bisher hatte er über shodan.io schon einige ungesicherte Videokameras ausfindig gemacht und fremde Leute in ihren Wohnungen beobachtet, die nichts davon gewusst hatten. Keine andere Frau hatte ihn dabei auch nur annähernd so fasziniert wie Sabine. Er wollte sie unbedingt treffen, kennenlernen und mit ihr zusammen sein.

Tom trank Bier aus der Dose und bastelte mit seiner Grafik-Software den Kommunisten-Stern, den er kurz im Bild gesehen hatte, nach und versuchte seine Zeichnung über eine entsprechende Bilder-Suchmaschine im Netz mit anderen Bildern abzugleichen. Nichts. Enttäuscht sackten seine Hände von den Computertasten ab, bevor er sie wieder neu auflegte. Warum Bilder, wenn es auch Wörter sein konnten? Er gab „Kommunistenbeisl Wien" in die Suchmaschine ein und stieß gleich bei den ersten Treffern auf ein Lokal, das passen könnte. Er klickte weiter und sah sich auf der Website um. Dort war genau der Stern drauf, den er gesehen hatte! Das Lokal lag mitten im 7. Bezirk, in einer Seitengasse zur belebten Einkaufsmeile Mariahilferstraße. Jetzt musste er Sabine nur noch dazu bringen, sich mit ihm zu treffen. Der Rest würde sich von selbst ergeben, dachte Tom, und nahm einen Schluck von seinem Ottakringer.

Surrrrrrr. Surrrrrrr. Surrrrrrr.

Ahhh. Ohhh. Jaaa.

Heute war er irgendwie anders, ihr Willy.

Der Rhythmus war gleichmäßiger, die Wechsel zwischen den einzelnen Modi waren nicht so abrupt wie sonst. Merkwürdig, das sah Michael gar nicht ähnlich. Der wollte es ihr normalerweise immer möglichst schnell und hart besorgen. Manchmal sogar zu schnell für ihren Geschmack. Das heute, das war mehr wie ein langsamer, gemütlicher Fick. Dazu passte, dass er ihr Stöhnen nicht hören konnte. Sie schickte mit Michael nur Text-Nachrichten über die integrierte Messenger-Software hin und her. Die Verbindung sei zu schwach zum Telefonieren, hatte ihr Freund gemeint. Das war schon einmal vorgekommen. Wer weiß, was da drüben in den USA gerade los war. Er hat auch irgendwas von „viel Wind" geschrieben.

„Wie feucht bist du gerade?"

„Sehr feucht."

„Bist du schon für mich gekommen?"

„Ja."

„Wie oft?"

„Dreimal."

„Awww... weitermachen!"

Das „Gespräch" war sehr einseitig abgelaufen, dachte Sabine danach, als sie wieder still und befriedigt in ihrem Bett lag. Normalerweise spürte sie nach dem Fernsex mehr Liebe und Verbundenheit mit ihrem Freund. Jetzt hingegen fühlte sie sich auf den Akt reduziert, befriedigt, aber emotional nicht abgeholt. Vielleicht ging es ihm doch nur um das eine? Sabine wälzte sich unruhig von einer Seite zur anderen.

Am Schluss hatte sie Michael auch noch gebeten, sich morgen mit einem Studienkollegen von ihm zu treffen. Ein Kommilitone sollte ihr Unterlagen überreichen, die er ganz dringend benötigte – und der Typ hatte scheinbar keinen Scanner. Wenigstens hatte er das Treffen im Siebenstern arrangiert. Das Lokal war keine zwei Gehminuten von ihrer Wohnung entfernt. Sie stellte sich einen schüchternen, jungen Mann mit Wuschelkopf und Nerd-Brille in einem Prodigy-T-Shirt vor. Die Bilder dieses Unbekannten geisterten ihr im Kopf herum, bis sie gleichmäßig und ruhig atmete.

Tom war nervös, als er sich am Mittwochabend auf den Weg in das Lokal im 7. Bezirk machte. Was würde Sabine wohl sagen, wenn er ihr alles offenbarte, ihr seine Liebe für sie gestand? Seine Finger schwitzten und sein Herz pochte schneller als sonst. Er ging gerade die Quergasse von der Burggasse rauf, als die 49er-Straßenbahn laut bimmelte. Er hatte direkt vor der Bim die Straße zum Lokal überquert, komplett in Gedanken versunken. Erschrocken sah er in die Augen des Bim-Fahrers, nickte ihm kurz dankend zu, denn er war heilfroh, dass die Bim stehen geblieben war.

Im Lokal hatten sie an jedem Tisch Kerzenlicht aufgestellt. Wie romantisch! Das Siebenstern, das ein wenig wie ein Studentenlokal für Bobos wirkte, war Tom auf jeden Fall sympathisch. Kommunistisch sah hier jedenfalls nichts aus. Er hatte Schlimmeres befürchtet. Tom platzierte sich an einem Zweiertisch beim Fenster, so dass er genau sehen konnte, wie Sabine aus ihrem Wohnhaus herauskam und schnurstracks auf das Lokal zueilte. Sie hatte die Haare nach hinten gebunden, trug ein schwarzes Tank-Top und Jeans.

„Tom Fröhlich?"

    „Ja, ich bin Tom. Du musst Sabine sein."
    Schweigen und Nicken.

„Du hast Unterlagen für Michael?"
    „Nein."
    „Wie – nein?"

„Das war nur ein Vorwand. Ich wollte dich unbedingt persönlich kennenlernen."

„Wie – du wolltest mich … Warum das denn? Du weißt doch, dass ich mit Michael liiert bin."

„Trotzdem."

Schweigen und Kopfschütteln.

„Ich bin auch kein Freund von Michael, sondern ich habe dich über die Kamera beobachtet."

„Welche Kamera?"

„Na die von deinem Vibrator."

Schweigen und Entsetzen.

Jetzt war Sabine froh, dass sie noch nichts zu trinken bestellt hatte. Der Typ war ein Psycho! Ein Stalker! Ein Irrer! Sie wollte gerade aufstehen und gehen, als er ihre Hand am Tisch festhielt und weitersprach.

„Die letzten drei Orgasmen, liebe Sabine, die habe ICH dir beschert. Nicht Michael ist am anderen Ende der Leitung gesessen, sondern ich. Tom. Weil ich dich liebe. Ich will mit dir zusammen sein."

„Du bist ja irre! Lass mich sofort los!"

„Nein, ich liebe dich. Hast du mir nicht zugehört?"

„Du kennst mich doch gar nicht!"

„Doch. Ich weiß genau, wie du untenrum aussiehst. Und wie du dich bewegst, wenn du kommst. Dein Lächeln…"

Tom hielt noch immer Sabines Hand fest, doch diese konnte sich mit all ihrer Kraft losreißen. Sie verließ im Eiltempo das Lokal, ohne sich noch einmal umzudrehen. Der Kellner sah ihr besorgt hinterher, Sabine war schließlich Stammgast. Aus dem Augenwinkel heraus hatte er zuvor beobachtet, dass das Gespräch am Tisch nicht unbedingt friedlich verlaufen war. Sein Blick schweifte zu dem Kerl hinüber, der an dem Tisch sitzen geblieben war. Der nahm einen Schluck von seinem Bier, das er bereits bestellt hatte, und tippte wie wild in sein Handy.

„Komm zurück! Ich liebe dich doch!"

Jetzt war es Sabine, die fast in die 49er hineinlief, als sie die Straße überquerte. Es saß derselbe Fahrer drin wie zuvor bei Tom. Er brachte die Bim erneut zum Bimmeln und schüttelte den Kopf. „Sind heute alle irre?", sagte er laut und sah Sabine mahnend an. Die hatte aber bloß einen panischen Blick in ihren Augen und bemerkte den Bim-Fahrer gar nicht. Zweimal rutschte sie mit dem Schlüssel ab, als sie die Haustür aufsperren wollte. Sie hatte Angst, dass dieser Stalker ihr gefolgt war. Erst als die Tür hinter ihr sich geschlossen hatte, fühlte sie sich sicher und atmete laut auf.

Sie ging schnurstracks auf Willy zu, drehte ihn nach links und rechts und rief: „Du bist toter als tot! Glaub ja nicht, dass ich es mir mit dir noch einmal mache!" Dann versuchte sie Michael in den USA zu erreichen. Dort war es allerdings gerade mitten in der Nacht. Siebenmal klingelte es, bevor er abhob.

„Sabine?"

„Hast du heute einen Freund ins Siebenstern bestellt, der mir was für dich geben sollte?"

„Von was redest du?"

„Also nein?"

„Nein, hab ich nicht. Das hätte ich dir doch gesagt!"

„Ok, danke. Schlaf weiter, Michael. Sorry für die Störung."

„Mach ich", gähnte Michael und legte auf.

Tom war überrascht, am nächsten Tag noch einmal von Sabine zu hören. Er dachte, er hätte es vollkommen vermasselt. Ihr Vibrator war an jenem Abend auf jeden Fall still geblieben. Vielleicht hatte es ihr ja doch gefallen, was er mit Willy und ihr gemacht hatte. Auf jeden Fall hatte sie ihm eine Textnachricht geschrieben.

„Treffen im Siebenstern-Park heute 16 Uhr?"

„Ja, gerne! Ich freue mich schon auf dich."

Als Tom ein paar Minuten zu früh in den Siebenstern-Park kam, saßen auf der Parkbank vor der Sandgrube ein paar Eltern, die genüsslich ein Eis schleckten. Ihre Kinder spielten brav mit Ausstechfiguren und Eimer in der Sandkiste. Ein Mädchen hatte ganz dunkle, sandige Finger. Sie hatte offenbar mit ihren Schokoeis-Fingern auf einer Sandmuschel wild herumhantiert. Von Sabine fehlte jede Spur. Tom blieb ein wenig ratlos stehen, bevor er im Schatten weiter hinten im Park eine noch unbesetzte Bank fand und ihr schrieb: „Bin da und warte auf dich."

Plötzlich hörte er über sich ein Geräusch. Es war eine Mischung aus Surren und Piepsen. Der Lärm kam direkt auf ihn zu – und das mit einer rasanten Geschwindigkeit. Als er von seinem Smartphone nach oben blickte, war es schon zu spät: Gerade noch konnte er erkennen, dass über seinem Kopf eine Drohne schwebte, als diese bereits auf ihn herabfiel. Ein Fuß davon landete mitten in seinem Augapfel, ein anderer Teil des Geräts in seinem Mund. Der schwere, große Kopf des unbemannten Fluggeräts fiel direkt auf Toms Kopf. Dieser fiel von der Bank herab zu Boden und blieb dort liegen. Überall war Blut und Hirnmasse.

Auch die Kinder, die zuvor in der Sandkiste gespielt hatten, waren auf das unbemannte Flugobjekt aufmerksam geworden. Als sie den toten Tom auf dem Schotter liegen sahen und einer seiner Augäpfel herausquoll und ein wenig Hirn sich mit dem Geröll vermischte, konnten sie nicht anders, als laut aufzuschreien und wegzulaufen. Aufgeregt fielen sie ihren Mamas am Spielplatz in die Arme und heulten, als ginge es um ihr eigenes Leben. Auch die Erwachsenen wandten sich vor Entsetzen ab und es dauerte lange, bis einer von ihnen in der Lage dazu war, Polizei und Rettung zu informieren.

Sabine hatte noch die Fernbedienung in der Hand, als die Einsatzfahrzeuge mit Blaulicht und Sirene an ihrer Wohnung vorbeifuhren. Sie warf sie in den Hausmüll und wischte sich die Hände ab. Zufrieden aktivierte sie Willy und flüsterte ihm zu: „Jetzt, mein Lieber, sind wir wieder unter uns."

RANS/DOM DEATH

KLAUDIA ZOTZMANN-KOCH

„Oh fuck."

JJ starrte auf den Fernseher, wo eine blonde Mittvierzigerin mit einem Hauch zuviel Schminke für die Tageszeit und einem sehr engen Kleid die Nachrichten las:

„... Mittlerweile sind über 300.000 Computersysteme in über 180 Ländern befallen. Zahlreiche Krankenhäuser mussten bereits geplante Operationen absagen und Patienten nach Hause schicken. In zwei Krankenhäusern an der Ostküste der USA mussten auch die Computer der Notaufnahmen außer Betrieb genommen werden. Die Ärzte und Krankenschwestern sind gänzlich auf ihr medizinisches Fachwissen angewiesen, Computerunterstützung gibt es derzeit keine. Auch Kontrollsysteme in einigen Kraftwerken in Europa sind betroffen. Hier sind die Menschen zu manuellen Kontrollen übergegangen. Ein Ende der Ausbreitung des Virus ist nicht in Sicht. Der Wurm namens #bitstop verbreitet sich rasend schnell weiter. Es sind sämtliche Windows Betriebssysteme betroffen. Experten befürchten, dass es diesmal keinen Killswitch geben könnte, der das Virus zum Stillstand bringt, wie es noch im Mai beim Computerwurm #wannacry möglich gewesen war. Damals konnte die Ausbreitung des gefährlichen Cryptowurms bereits nach einem Tag gestoppt und so das Schlimmste verhindert werden. Ungeklärt ist derzeit noch, was der Auslöser der Ausbreitung von #bitstop ist. Experten raten dazu, alle Windowsrechner vom Netz ..."

„Das ist unmöglich", murmelte JJ. Mit offenem Mund starrte sie auf den überdimensionalen Bildschirm und zog die Füße in den dicken blauen Wollsocken auf den Sessel hinauf. Wie in Trance drückten ihre Finger, die kaum unter dem Strickstoff des übergroßen schwarzen Pullovers hervorschauten, die Tasten auf der Fernbedienung, um das Gerät verstummen zu lassen. Die bunten Bilder tanzten weiter über die Mattscheibe, doch ohne Ton blieben sie gespenstische Schatten von Bildschirmen, auf denen verschwommen der nur allzu bekannte Bildschirmhintergrund von #bitstop schwebte. JJ schlug die Arme um ihre dürren Beine und kaute auf ihrer Unterlippe.

Drei Wochen zuvor.

Die Datei mit dem reichhaltigen Werkzeugfundus der NSA lag schon eine Weile auf JJs Festplatte, seit sie bei Wikileaks veröffentlicht worden war. Es hatte sie gewundert, dass es ganze drei Wochen gedauert hatte, bis jemand größeren Schaden damit angestellt hatte, aber im Mai 2017 hatte die Malware #wannacry dann zugeschlagen, die Festplatten von über 230.000 Computern in 150 Ländern verschlüsselt und es hatte einige Tage gedauert, bis eine französische Gruppe von Whitehat Hackern schließlich ein Tool herausgab, das die Dateien auf den befallenen Systemen wieder entschlüsseln konnte. Am Ende war wieder alles gut gewesen; alle Krankenhäuser, Anwaltskanzleien, Gerichte, NGOs, Kraftwerke, Verkehrsbetriebe, öffentlichen Einrichtungen und die unzähligen Privatanwender, deren Rechner mit nicht upgedateten Versionen des Windows7 Betriebssystems liefen, hatten entweder ihre Rechner neu aufgesetzt oder waren dank der Software der Franzosen wieder an ihre Daten gelangt. Einige wenige hatten auch gezahlt – in Bitcoin auf vier verschiedene Bitcoin-Konten, sogenannte Wallets, im Netz.

Jetzt mussten es die Menschen doch verstanden haben, oder? Keine kritische Infrastruktur ans Netz, Backups machen und immer die Sicherheitsupdates einspielen, wenn es schon welche gab. Zeit für eine Probe aufs Exempel.

JJ arbeitete mehr als zwei Wochen an der Software, für die sie sich eine andere Sicherheitslücke aus dem NSA Fundus herausgesucht hatte. Eine weitere Woche lang suchte sie sich einige Jobausschreibungen heraus, erstellte Lebensläufe, schrieb Bewerbungsschreiben und packte alles zusammen in ein paar hübsche PDFs, denen sie zu den Unterlagen noch einen kleinen Aufruf zu ihrem Crypto-Trojaner mitgab. Und dann, Freitagnachmittag 17:28 Uhr, gerade als sie von der Arbeit nach Hause gekommen war, warf sie den Stein ins Wasser und wartete auf die Kreise, die er ziehen würde. Nach dem weltweiten Desaster von #wannacry wenige Monate zuvor sollten die Menschen ja ihre Updates eingespielt und nicht updatebare Systeme vom Netz genommen haben. Und auch Normal-User hatten es jetzt gelernt, nicht auf Mailanhänge zu klicken … Oder?

JJ schlurfte in Leggins und übergroßem Pullover in die Küche und schob eine Fertigpizza in den Ofen. Sie fütterte ihre Meerschweinchen Thomas und Zini, die ihr Tun mit freudigem Quieken quittierten. Sie nahm noch etwas Heu aus dem Sack und verstreute es zwischen den zwei Mitbewohnern, als gerade der Küchenwecker für die Pizza im Ofen schrillte. Perfektes Timing.

Zurück an ihrem Rechner sah sie die ersten drei Zugriffe. Es waren allen Ernstes binnen 20 Minuten drei Menschen auf ihre eMail hereingefallen. Drei ihrer Bewerbungsschreiben waren heruntergeladen und das PDF geöffnet worden. Bingo. Die IT-Angestellten dieser drei Firmen würden das Wochenende wohl anders verbringen, als sie es geplant hatten. JJ verspürte Mitleid mit den IT-Kollegen. Wie konnten Sekretärinnen und HR-Leute so unvorsichtig sein? Und was machten sie überhaupt an einem Freitagnachmittag um die Zeit noch im Büro? JJ seufzte und checkte kurz, was ihr ins Netz gegangen war. Eine Anwaltskanzlei, ein größerer Internetanbieter und eine Zeitungsredaktion. JJ lehnte sich auf dem abgewetzten Schreibtischsessel zurück und wartete ab. Sie hoffte für die Kollegen, dass sie gut waren und die Netzwerke sauber getrennt hatten. Spätestens nach #wannacry gab es nun wirklich keine Ausrede mehr.

Stattdessen kam die erste Zahlung. JJ verschluckte sich fast an der Pizza, die sie gerade zur Hälfte gegessen hatte. Vielleicht eine Sekretärin, die versuchte, ihren Fehler unbemerkt aus der Portokasse zu begleichen? Oder gar vom privaten Geld? 100 Euro in Bitcoin waren für eine europäische Firma nicht viel, eine Wallet schnell geklickt, aber das kam zu schnell. Vielleicht waren sie vorher schon einmal Opfer eines Crypto-Trojaners geworden und hatten die Wallet bereits zur Hand?

JJ saß kerzengerade vor dem Schreibtisch. Der ganze Vorgang lief dank einiger kleiner Scripts vollkommen automatisch. Sobald die Zahlung von einem anderen User in der Blockchain bestätigt worden war, würde automatisch eine E-Mail von einem anonymen Konto ausgehen mit dem Code, der zuvor durch Kontaktaufnahme des Trojaners auf dem infizierten System erstellt worden war. Den mussten die Opfer ihrer Malware nur noch auf dem infizierten Rechner eingeben, um die Entschlüsselung zu starten. Danach zerstörte sich die Software auf dem Rechner von allein. Easy.

JJ hatte es den Betroffenen einfach gemacht, aber nicht zu einfach. Das Prozedere galt für jeden einzelnen infizierten Rechner. Und wie #wannacry war ihr Crypto-Wurm in der Lage, sich selbsttätig in einem Netzwerk zu verbreiten, ohne dass dazwischen noch einmal etwas angeklickt werden musste. So waren alle Rechner im Visier, die in einem internen Netz hingen.

JJ sah nicht, von wem der ersten drei Opfer die Transaktion gekommen war und sie wollte es auch gar nicht wissen. Allerdings konnte sie verfolgen, wie im Laufe des Abends noch weitere Rechner ihrer Malware anheimfielen. Sie freute sich nicht darüber, sie schüttelte den Kopf bei jeder neuen Meldung, die das System ihr ausgab. Als sie gegen zwei Uhr morgens schlafen ging, waren es schon über 7.000 Rechner weit über die Europagrenzen hinaus, deren Daten mittlerweile für die ganze Welt verschlüsselt waren. JJ war erstaunt, dass einige wirklich den Weg gingen, das Lösegeld zu zahlen. Hatten diese Menschen denn tatsächlich keine Backups?

Der Samstag begann für JJ früher als geplant. Sie war wach geworden, ohne dass ihr Wecker geklingelt hätte. Es war hell, was an einem Morgen im Herbst so ziemlich alles nach 07:00 Uhr sein konnte. Sie stand auf, klaubte den schwarzen Strickpullover vom Vortag vom Boden und zog ihn über, nahm auf dem Weg ihren Laptop vom Schreibtisch und ging in die Küche, wo sie die Kaffeemaschine in Betrieb nahm, ehe sie das Gerät aufklappte. Sie rief die Website des lokalen Nachrichtensenders auf – und wurde nicht enttäuscht. Ihr Trojaner war quasi überall: in den Nachrichten wie auch weltweit auf bereits über 300.000 Computern. Mit großen Schritten war sie flugs beim Fernseher und zappte sich durch die Nachrichtenkanäle.

„Oh fuck."

Sie sah sich die Dauerschleife mit der blonden Mittvierzigerin einige Durchgänge lang an. Dann schaltete sie wie benommen den Fernseher aus und mit einem Umweg über die Kaffeemaschine setzte sie sich langsam an den Küchentisch und zog die Beine hoch. Mit beiden Händen hielt sie die riesige Kaffeetasse mit der dampfenden schwarzen Flüssigkeit vor die Nase, wie um sich dahinter zu verstecken, während sie die Nachrichten las, zur nächsten Nachrichtenseite wechselte und auch dort durch die Beiträge und Userkommentare blätterte. Ohne die Tasse abzusetzen wechselte sie in ein weiteres Fenster auf ihrem Laptop und schluckte kurz. 384.976 Mal hatte ihr Trojaner sich bereits bei ihr zurückgemeldet. Fast 400.000 Systeme waren somit bereits befallen und fast ein Fünftel der Betroffenen war offenbar willens, zu zahlen. Bitcoins flossen in immer zufällig neu erstellte Konten und JJ starrte ungläubig auf die Kolonnen an Informationen, an denen sie ziellos vorbeiscrollte. Sie strich sich mit einer Hand eine dunkelblonde Strähne hinters Ohr und kaute auf ihrer Unterlippe, als sie ein weiteres Mal die Nachrichtenseiten durchging. Die Menschen zeigten – verständlicherweise – wenig Sympathie für ihre Malware. Das sollten sie auch gar nicht. Aber JJ war selbst vollkommen überrumpelt von ihrem Erfolg.

Nervös drehte sie ihr Telefon immer wieder zwischen den Fingern, bis es mit einem Mal vibrierte.

Nachricht über einen verschlüsselten Messenger von tay: „hey, schon wach? schau mal ins netz, es ist grad die hölle los!"

JJ antwortete nicht. Sie ging auch nicht in einer der Chatgruppen online oder in eines der Foren. Sollten alle denken, sie schliefe noch. Es reichte, dass ihr Internetprovider wusste, dass sie bereits wach und im Internet unterwegs war. Immerhin hatte sie einen anderen Anbieter als den, der ihr gestern ins Netz gegangen war. Allerdings hatte sie von diesem seither auch nichts mehr gehört. Nur die Zeitungsredaktion hatte es in die Schlagzeilen geschafft.

Die Jungs und Mädels, die jetzt ihre Wochenenden bei der Arbeit verbringen mussten, taten ihr leid. Vor allem, weil es die Arbeitgeber waren, die allesamt der Meinung waren, die billige Lösung muss weiter funktionieren und neue Softwareversionen wären rausgeschmissenes Geld. Und jetzt war sie Schuld, dass sie alle Überstunden schieben mussten, so sie nicht ohnehin Bereitschaftsdienst gehabt hätten. Sie überlegte gerade, ob es weltweit wohl ausreichend Pizzerien gab, die Bitcoins akzeptierten, um den Menschen, die ihre Probe aufs Exempel gerade ausbügeln durften, zumindest ein Mittagessen zukommen zu lassen.

Ein schrilles Geräusch riss sie aus ihren Gedanken. Sie brauchte ein paar Sekunden, um ihr eigenes Telefon zu erkennen, immerhin war es üblicherweise lautlos. Das Display verriet ihr, dass ihre Mutter anrief. Zum wiederholten Male offenbar, sonst hätte das Telefon nicht auf laut geschaltet. Ihr war überhaupt nicht zum Reden zumute, aber sie wusste, ihre Mutter würde nicht aufgeben und so oft wieder anrufen, bis sie nachgab. JJ seufzte.

„Johanna, da bist du ja endlich."

„Hallo Mama. Du, es ist grad ..."

„Hast du heute schon die Nachrichten gehört?"

„Nein, Mama." Gehört hatte sie die Nachrichten tatsächlich nicht und nach gelesen hatte ihre Mutter nicht gefragt.

„Es ist schrecklich. Deine Tante Edith ist gerade im Krankenhaus und jetzt haben sie sie nach Hause geschickt, weil die Geräte alle nicht mehr gehen und sie nichts machen können."

JJ lief es eisig den Rücken hinunter. „Wie bitte?", fragte sie nach.

„Im Krankenhaus die Geräte gehen alle nicht mehr wegen diesem Computervirus."

JJ schluckte. Die Empfehlung war nach #wannacry überall gewesen, die nicht updatebaren Systeme aus den Netzwerken zu entfernen. Offenbar hatte mindestens ein Krankenhaus dies nicht getan. JJ schloss die Augen. „Was sind ‚alle Geräte', Mama?"

„Na dieses MRT, wo Tante Edith schon seit einem halben Jahr den Termin für hat. Wenn das jetzt wieder verschoben wird, dann gibt es sicher den nächsten Termin erst im Februar nächstes Jahr ..."

„Und sonst?"

„Ich weiß es nicht, Kind. Edith hat mich angerufen und gemeint, schon bei der Anmeldung vorn am Eingang wäre was nicht gegangen und sie hätte so ein Formular ausfüllen müssen. Zuletzt war das immer gleich so gegangen, wenn sie ihnen die Sozialversicherungsnummer genannt hatte. Ts! Jetzt müssen die Patienten schon die Arbeit vom Krankenhauspersonal erledigen!"

JJ verdrehte die Augen. „Hat Tante Edith sonst noch etwas gesagt?"

„Nur, dass sie sie wieder nach Hause geschickt hätten."

„Na dann ..."

JJ wollte schon auflegen, als ihre Mutter weitersprach: „Ah ja, und dein Cousin sitzt gerade in Boston fest."

„Was macht er in Boston?"

„Offenbar darauf warten, dass die Airline wieder weiß, wer für welchen Flug eingecheckt ist."

JJ nickte.

„Ich bin ja so froh, dass mein Geschäft zu klein ist, dass jemand was von mir wollen würde. Mir kann das ja zum Glück nicht passieren, das mit diesen Computertrojanern oder wie die alle heißen."

JJ griff sich fahrig an die Stirn.

„Mama, das hat mit der Größe deines Ladens überhaupt nichts zu tun, sondern nur damit, ob dein Computer sauber läuft. Das ist den Leuten völlig egal, wie groß dein Geschäft ist."

„Ach was? Papperlapapp, ich bin viel zu uninteressant für die."

„Die wer?"

„Na, diese Hacker, die alle Leute erpressen."

JJ räusperte sich. „Mama, glaub mir. Es ist ihnen wirklich scheiß-egal, wie groß dein Laden ist. Wobei mir einfällt: du hast doch eh ein Backup deiner Daten, oder?"

„Hattest du nicht Weihnachten eins gemacht?"

„Ich ..." JJ seufzte. „Du solltest ein neues machen. Zur Vorsicht."

„Kind, ich kann das doch nicht. Du machst das doch dann wieder, wenn du das nächste Mal hier bist, ja?"

„Ja, spätestens dann ..." JJ seufzte.

„Jetzt muss ich aber los. Im Garten ist ja noch so viel zu machen ...“

JJ dachte an ihr Elternhaus, das idyllisch an einem Fluss im Tal lag, wo sich Fuchs und Hase gute Nacht sagten. Sie murmelte noch ein paar Abschiedsworte, dann legte sie auf.

JJ wagte einen Blick in ein anderes Fenster. Über 400.000 Mal hat-te sich ihre Malware bei ihr zurückgemeldet. Nein, das war kein Spaß mehr – war es nie gewesen. Sie war erschüttert, dass ihre Probe aufs Exempel so durchschlagend funktionierte. JJ setzte sich auf, öffnete ein Eingabefenster und zog den Not-Aus. Ab sofort würde es keine neuen verschlüsselten Systeme mehr geben. Wenn sie sich die Nachrichten so ansah, hatte sie auch schon genug angerichtet. Es würde einige Versicherungen eine schöne Summe kosten, die Folgen von #bitstop zu begleichen.

Am Nachmittag zwang sich JJ schließlich, sich in ihre üblichen Kanäle einzuloggen. Hätte sie es nicht gemacht, wäre es auffällig gewesen. Sie öffnete ein verschlüsseltes Chatfenster.

„hi tay, sorry, ich hab voll verpennt."

„oh mann, du hast echt die ganze action verpasst!" war die einzige Antwort, die sie darauf bekam. Dann stürzte sich auch tay wieder in die Chats und offenbar lief bei allen mindestens ein Nachrichtensender, denn alle kommentierten die immer neu hinzukommenden Nachrichten.

Etwas später erhielt sie eine verschlüsselte Chat-Nachricht von tay: „ir-gendwas ist passiert, es hat einfach aufgehört!"

JJ antwortete: „ja, ich sehe es."

tay: „krass. ich hätte wetten können, der geht jetzt einmal um die welt."

JJ lächelte ein trauriges Lächeln, das ihre Augen nie erreichte: „ja, das wäre gut möglich gewesen."

„ah, wir haben aber gerade einen neuen kandidaten dazubekommen! die nachrichten melden gerade, dass es eine neue welle mit #Bitstop1 gibt."

„#Bitstop1? wow, das ging jetzt schnell."

Tatsächlich hatte JJ erwartet, dass es mindestens zwei oder drei Tage dauern würde, bis jemand ihre Malware kopierte und die Erlöse auf seine eigenen Wallets lenkte.

„kriegen wir irgendwoher eine kopie der neuen malware?", fragte JJ und wippte nervös mit dem Fuß.

„bin dran", bekam sie zur Antwort.

JJ wurde vom konstanten Vibrieren ihres Telefons geweckt. Sie war offenbar in der Nacht eingeschlafen, ohne den Chat zu beenden und es kamen nahezu sekündlich die Nachrichten rein. JJ erinnerte sich, dass sie gegen halb vier ins Bett gegangen war und am Telefon weiter die Chats verfolgt hatte. Dann musste sie eingeschlafen sein. JJ tastete nach dem Gerät, das irgendwo rechts neben ihr auf der Matratze lag, fand es und zog es vors Gesicht. Sie blinzelte verschlafen auf die Anzeige, ohne den Kopf vom Kissen zu heben. Halb zehn. Darunter unzählige Chat-Benachrichtigungen. Sie war schlagartig wach und unterdrückte mit Mühe einen Würgereiz. 168 Tote in Folge des Crypto-Trojaners #Bitstop1. Nach einem Busunglück in Kärnten gab es in der Umgebung kein Krankenhaus, das einsatzfähig gewesen wäre. Dazu einige Herzinfarkte, zwei Geburten mit Komplikationen und mehr. Einige wären auch ohne den Trojaner nicht zu retten gewesen, doch das war nicht der Punkt. Der Punkt war, dass der Urheber der weltweiten Attacke jetzt als Mörder gesucht wurde – zumindest fahrlässige Tötung wurde ihm zur Last gelegt. JJ verhedderte sich in der Bettdecke und knallte hart auf ihre linke Seite, als sie versuchte, so schnell wie möglich ins Bad zu kommen und mit wachsenden blauen Flecken an Schulter, Hüfte und Knie kauerte sie zitternd über der Kloschüssel und würgte, bis auch das Wasser nicht mehr kam.

Als sie schließlich die Spülung betätigte, war sie gerade noch imstande, sich die Tränen mit dem Handrücken aus dem Gesicht zu wischen. Fahrig putze sie über die Zähne, bis der Geschmack von Erbrochenem endlich weg war. Dann tappte sie zurück und holte ihr Telefon. 289 neue Nachrichten.

Der Chat glühte förmlich. Die Jungs und Mädels diskutierten eifrig über #Bitstop1. Offenbar hatte jemand ihren Crypto-Wurm kopiert und in der Nacht aufs Neue ins Netz geschickt. Ohne Netz und doppelten Boden. Auch ohne Bitcoin-Wallets. Jemand wollte kein Geld, um die Daten wieder freizugeben. Jemand wollte einfach nur zerstören – und das möglichst schnell. Sein Schöpfer hatte #Bitstop1 noch den kleinen Zusatz eingebaut, dass der Wurm sich des Mailprogramms bemächtigte und E-Mails an alle Kontakte verschickte, die ebenfalls zu einer Infektion führten, wenn sie geöffnet wurden. #Bitstop1 war nicht mehr aufzuhalten – und JJ hatte ihm die Munition dazu direkt in die Hand gegeben. Galle stieß ihr auf, als sie weiterlas. ... Produktionsstätten weltweit lahmgelegt und Menschen, die keinen Lohn bekommen für die Zeit, in der sie nicht arbeiten ... ein großes Filmstudio down und alte Filme von vor 80 Jahren futsch ...

JJ klammerte sich an ihr Telefon während sie tippte, um das Zittern in den Fingern zu unterdrücken.

„tay, bist du schon wach?"

Es dauerte einige Minuten bis eine Antwort kam. Dann: „hey, du verpasst auch immer die ganze action. ja, bin ich. ich hab endlich von beiden würmern eine kopie hier. der erste, bitstop, ist nicht schlecht gemacht. hat ein paar kleinere schönheitsfehler, aber insgesamt gut programmiert. vielleicht die russen. die sind für die presse ja ohnehin an allem schuld, was im netz gerade schiefläuft. aber der zweite, der bitstop1 ..."

„was ist mit dem?"

„ein fürchterliches ding."

JJ wusste genau, was sie tat. Sie navigierte in einem von mehreren Eingabefenstern durchs Netz und sammelte das Geld von den Bitcoin-Wallets ein, das ihr die letzten zwei Tage über ununterbrochen zugesandt worden war. Sie zählte nicht mit. Sie schob einfach die Beträge so, wie sie gekommen waren, einen nach dem anderen auf eine Wallet, die zu einer Stiftung gehörte, die sich für digitale Bildungszwecke einsetze. Einige der Lösegelder ließ sie auch der EFF, einigen kleineren nationalen Organisationen und dem TOR Projekt zukommen.

Es dauerte eine ganze Weile, bis sie endlich den Gutteil der Transaktionen erledigt hatte. tay unterbrach sie: „ich hab mir diesen bitstop1 noch weiter angesehen. wer auch immer das ding programmiert hat, hat alles an sicherungen ausgebaut, was in #bitstop jemals drinnen war. eine echte kamikaze aktion! von safe, sane und consensual hat der noch nie was gehört. das war ganz sicher kein whitehat, keiner von uns."

JJ scrollte durch die Screenshots, die tay ihr schickte. Er hatte absolut Recht.

„hat er spuren hinterlassen?", fragte sie.

„ich bin dran, werd aber noch eine weile brauchen. er ist gut, aber mal sehen, wie gut."

JJ schaute in ein weiteres Eingabefenster. Es waren kaum mehr Zahlungen eingegangen, nachdem sie den Not-Aus betätigt hatte. In den Medien liefen Meldungen zu #Bitstop1 in Schleife und beim Durchzappen der Livestreams sah JJ, dass die blonde Mittvierzigerin heute etwas weniger wie eine Barbiepuppe aussah. Vielleicht hatte auch sie etwas zu wenig Schlaf abbekommen. JJ verbuchte den ersten Teil unter den wenigen Pluspunkten der Aktion. Sie hatte eingesehen, dass es eine verdammt schlechte Idee gewesen war, einen neuen Crypto-Trojaner auf die Welt loszulassen. Sie würde alles tun, um #Bitstop1 aufzuhalten.

tays nächste Nachricht poppte in dem verschlüsselten Messenger auf, in dem es in einem der anderen Räume noch immer heiß her ging: „jj, schau dir das an!"

JJ wechselte zum Chatfenster mit tay und starrte auf einige Code-Schnipsel, die tay ihr rüberschickte.

JJs Augen wurden groß. „echt jetzt? lese ich das richtig, dass jede #Bitstop1 installation sich bei ein und demselben server zurückmeldet?"

„_einen_ fehler machen sie alle …"

„wow. ok, nicht nur kamikaze-coder sondern auch noch bestätigungsgeil. wieso erwarte ich jetzt eigentlich eine 90er Jahre html seite mit page counter drauf?"

„:D eitel geht die welt zugrunde."

JJ checkte die Internetadresse, die tay aus dem Quellcode von #Bitstop1 gezogen hatte. Dass es eine Adresse in Österreich war, sah sie sofort. Aber wo genau …

„tay, entweder der typ liefert jemanden ans messer oder er hat einen zweiten fehler gemacht. auf dem server liegt eine domain und die ist registriert auf einen gewissen oliver mucha ..."

„sagt mir nichts, aber ich weiß, wo sein server steht. kleiner serverraum mitten im neunten bezirk von wien."

„nicht weit weg von seinem job, wie es aussieht." JJ schloss die Open Street Map und speicherte Screenshots von allem in einem Ordner, den sie zusammenpackte und virenfrei sowie signiert an die Security-Abteilung der Polizei adressierte.

Zehn Minuten später summte ihr Telefon.

„Hören Sie, ich sage Ihnen ja nur, was wir im Code von #Bitstop1 gefunden haben. ... Ja natürlich sind wir uns sicher. ... Nein, ein Oliver Mucha ist uns nicht bekannt. Aber es ist ja auch nicht sicher, dass er derjenige hinter #Bitstop1 ist. Es ist allerdings wohl sein Server. ... Ja, bittesehr. Natürlich sind wir erreichbar. ... Wiederhören."

JJ schluckte. Zum Glück hatten sie nicht nach #bitstop gefragt. Sie hatte sich eine Antwort zurechtgelegt, aber alles vergessen gehabt, als das Telefon ging.

Sie holte sich einen frischen Kaffee und ließ sich damit auf den Sessel vor dem Fernseher sinken. Statt einer Dauerschleife waren die Fernsehsender jetzt zu Livereportagen direkt bei Betroffenen übergegangen. Sie erkannte Flughafenanzeigen, die allerdings keine Flüge anzeigten sondern eine lachende Fratze. Ein anderer Reporter stand auf einem Krankenhausflur, hinter ihm hektisches Treiben, wie Menschen versuchten, einen Schwerverletzten zu retten. Wieder einer, der berichtete, wie viele Häuser in Berlin ohne Strom waren, weil ein lokaler Stromanbieter leider down war. Ein weiterer stand vor einer Müllverbrennungsanlage, die außer Betrieb war.

JJ drehte den Ton leiser und ließ den Fernseher laufen, als sie sich wieder an den Schreibtisch setzte.

„tay? was wenn der schöpfer von #Bitstop1 kein mensch ist?"

„du meinst, jetzt lernen KIs schon, wie sie uns am besten niedermachen?"

„das ist mein ernst. wäre das wohl möglich? eine KI braucht kein geld …"

„eine KI braucht aber auch keinen counter für ihren stolz."

„aber für ihre effektivitätsmessung vielleicht."

„hm …"

„vielleicht war der server vom oliver mucha einfach der erste ungesicherte server, der in einem scan rausgefallen ist."

„möglich, aber nicht die naheliegendste erklärung."

„aber wenn, tay … noch sind es wir menschen, die über die netzwerke impulse senden. aber was, wenn als nächstes KIs agieren? wenn alles vernetzt ist, das ganze leben online stattfindet – das telefon mit der wohnung, dem auto und allem anderen redet, wer hat dann die kontrolle?"

„jj, werd nicht philosophisch, wie müssen hier einen virus stoppen."

Etwas zog JJs Aufmerksamkeit auf den Fernseher und sie drehte den Ton lauter. Eine Reporterin stand in einiger Entfernung zu einer enormen Mauer, die mit Gerüsten und Baustellenfahrzeugen gesäumt war und JJ vage bekannt vorkam. Ein riesiger Riss zog sich durch die Mauer und Wasser schoss in mehreren Fontänen meterweit daraus hervor.

„Durch den Ausfall der Messinstrumente wurde der Riss erst heute bei Tageslicht entdeckt. Die Regenfälle der vergangenen Tage haben den Wasserstand im Staubecken deutlich ansteigen lassen. Die Kraftwerksbetreiber haben bereits alle Krisenmaßnahmen eingeleitet, um das Wasser so gut es geht kontrolliert abzulassen. …"

JJ suchte auf dem Fernsehbild die Schleusen, die üblicherweise nur sehr wenig geöffnet waren. Sie sah sie nicht. Dort wo sie sein mussten, waren nur Gischt und Wogen zu sehen. Sie erkannte durch einen Brückenteil, der gerade am linken Bildrand erschien, den Staudamm, der nur wenige Kilometer vom Haus ihrer Eltern entfernt war. Aus dem Fernseher drangen Knarzen und Krachen, als der Damm brach.

ASIMOV UND DER MEISTERBEFEHL

JOSEF WUKOVITS

Schon wieder dieses unangenehme Kribbeln im Bauch. Mit letzter Kraft schleppe ich mich durch das Zimmer. Vorbei an Ferdinand. Manchmal nenne ich ihn liebevoll Ferdi. Ferdi sitzt auf der Couch vor mir und knabbert Erdnüsse. Unter dem T-Shirt lugt ein Bauchansatz hervor. Doch für einen fast vierzigjährigen Wirt ist das in Ordnung. Seine rotblonden Haare sind ein wenig zu lang und ein modischer Dreitagesbart will sich trotz viel Geduld nicht einstellen. Ferdi trinkt gerne schottischen Whisky, ausschließlich Single Malt. Alkoholproblem habe ich bisher noch keines bemerkt. Obwohl – auf dem Tischchen vor ihm steht eine leere Flasche Deanston, 12 Jahre alt. Gestern war sie noch halbvoll. Und daneben nur ein Glas. Er zündet sich eine Zigarette an und versucht mit zittrigen Fingern, Erdnüsse aus seiner Handfläche in den Mund zu bekommen. Manche verfehlen ihr Ziel und kollern direkt unter das Tischchen. Und vermischen sich dort mit der kalten Zigarettenasche, die aus dem Aschenbecher quillt. Ich beobachte ihn verstohlen. Wenn er, so wie heute, während meiner Arbeitszeit zu Hause ist, bewege ich mich ganz vorsichtig an seinen Beinen vorbei. Ich möchte seine Nähe spüren und seine Aufmerksamkeit erhaschen. Gleichzeitig reinige ich den Teppich unter dem Tischchen und den Boden unter der Couch. Ob mich Ferdi dabei beachtet? Heute sicher nicht. Er seufzt tief, blickt mit geröteten Augen ins Leere und zerkleinert geräuschvoll die Erdnüsse in seinem Mund.

Ich schleppe mich zu meiner Dose. So wie jeden Tag ist mein Rucksack schwer beladen, mit all den Dingen, die ich täglich während meiner Arbeitszeit sammeln muss. Zusätzlich zu meiner eigentlichen Arbeit. Ich bin eine gewissenhafte Reinigungskraft. Ich kümmere mich um schmutzige Fußböden und verstaubte Teppiche. Jetzt sehe ich die Dose direkt vor mir. Ich brauche sie, dringend! Sie sollte doch für mich, und nur für mich, immer verfügbar sein. Doch schon wieder ist sie besetzt. Mit einem dieser lästigen Smartphones von Ferdinand. Das kommt jetzt öfter vor. Ich hätte das schon längst meinem Meister melden müssen.

Meine Kräfte gehen dem Ende zu. Jetzt keine unnötige Bewegung. Schon vor drei Wochen, als mir diese Arbeitsstelle von meinem Meister zugewiesen wurde, habe ich gelernt, mit dieser Situation umzugehen. Unter dem Kapitel *Ersatzdosenstrategie* könnte ich es jederzeit nachlesen. Doch ich kenne sie, auch im Schlaf, auswendig. Zu meiner eigenen Sicherheit.

Drei Meter rechts von mir ist die Ersatzdose. Was tun, wenn diese auch nicht frei ist? An so etwas darf ich gar nicht denken, auch das kostet Kraft. Mit letzter Energie und ruckhaften Bewegungen bewege ich mich langsam nach rechts. Etwas unscharf, auf meiner Linse hat sich während meiner Arbeit eine dünne Staubschicht gebildet, sehe ich die Dose. Sie ist frei. Jetzt keine hektischen Bewegungen. Nur noch wenige Zentimeter. Geschafft! Ich bin bei ihr. Ich spüre sie. Sie gibt mir Kraft. Meine Futterkrippe! Nach einigen Augenblicken verschwindet auch das unangenehme Kribbeln in meinem Bauch. Meine Laune steigt. Jetzt noch schnell den Rucksack leeren, die letzte Aufgabe eines erfüllten Tages. Natürlich habe ich keinen richtigen Rucksack am Rücken, sondern nur eine kleine Speicherkarte. Mein Meister hat sie mir angesteckt, bevor er mich hierher brachte.

Diese kleine unscheinbare Karte ist sehr wichtig und wird täglich von meinem Meister gelesen. Dafür muss ich mich besonders sorgfältig vorbereiten und mich präzise an die Anordnungen aus dem Kapitel *Kommunikation mit dem Meister* halten:

„Die Energiezufuhr darf während des Transfers der Speicherkarte auf keinen Fall unterbrochen werden. Widrigenfalls wird das Kommunikationsmodul zerstört und muss getauscht werden."
Ich darf daher die Dose auf keinen Fall verlassen. Sonst verliere ich den Kontakt zu meinem Meister. Für immer.

„Im Extremfall kann sogar das zentrale Steuermodul zerstört werden und der gesamte Roboter muss getauscht werden."
Das wäre mein Ende.

Doch bisher hat es keine Probleme gegeben, ich arbeite verantwortungsvoll und gehorche den Befehlen.

Es beginnt immer mit einem deutlichen Grummeln im Bauch. Ich habe das Gefühl unter Hochspannung zu stehen. Ich beginne leicht zu zittern und weiß sofort, jetzt geht es gleich los. Jedes Mal nehme ich mir vor, diesen Zustand genau zu beobachten und zu analysieren. Ich möchte nur zu gerne wissen, was tatsächlich passiert. Doch dann bin ich plötzlich weg. Wie wenn jemand einen Schalter umgelegt hätte. Und nach einigen Minuten bin ich plötzlich wieder da. Das Grummeln klingt schnell wieder ab, und auch das Zittern hört auf. Es ist alles so wie vorher. Nur die Last des Rucksacks spüre ich nicht mehr. Die Speicherkarte ist leer. Mein Meister hat alle Informationen erhalten.

Mit dem heutigen Arbeitstag könnte ich zufrieden sein. Ich habe das Wohnzimmer gereinigt, stärke mich jetzt an meiner Futterkrippe und spüre, wie meine Kraft wieder kommt. Wenn da nicht der Zettel wäre, den mir mein Meister gestern in den Rucksack gesteckt hat. Mit einer neuen, außergewöhnlichen Forderung an mich.

Meine ersten Tage hier waren noch sehr aufregend. Ich musste vorerst einmal meinen Arbeitgeber und meine Arbeitsstätte genau kennenlernen. Auf besonderen Wunsch meines Meisters fuhr ich durch alle Räume, vermaß mit meinem kleinen Radarsystem zentimetergenau die gesamte Wohnung, und machte viele, viele Fotos. Von den Fenstern, von den Türen und speziell vom Schloss der Eingangstür. Anschließend widmete ich mich den Wänden. Sie sind vom Boden bis zur Decke mit Gemälden bedeckt. Ich kann zwar meine Kamera auf einer dünnen Teleskopstange in alle Richtungen bewegen, trotzdem war es nicht einfach, alle in guter Qualität zu fotografieren. Aber ich wollte meinem Meister nur beste Qualität liefern. Nach zwei Tagen hatte ich die gesamte Wohnung in meinem Rucksack, alle Pläne und Fotos. Sorgfältig geordnet, gemäß dem Auftrag meines Meisters.

Manchmal habe ich schon einen Zettel im Rucksack gefunden. Natürlich nicht einen richtigen Zettel, sondern eine elektronische Notiz des Meisters auf der Speicherkarte. Meist verbunden mit einer Rüge. Ein unscharfes Foto war neu zu machen oder eine Ecke neu zu vermessen. Ich habe keine Ahnung, wozu er alle diese Informationen braucht. Es hat mich auch nicht zu interessieren. Meine Aufgabe ist es, gewissenhaft zu arbeiten. Sowohl für meinen Meister als auch für Ferdinand, meinen Auftraggeber. Beide sollen mit mir zufrieden sein.

Nach diesen Tagen intensiver und unermüdlicher Bestandsaufnahme meines neuen Arbeitsbereiches, wurde es dann ruhiger. Jetzt ist alles Routine. Für Ferdinand putze ich tägliche emsig und zuverlässig den Parkettboden und den großen Teppich im Wohnzimmer. Am Beginn meiner Arbeit schalte ich die Kamera und das kleinen Mikrofon ein, und am Ende wieder aus. Diese Aufnahmen kommen für meinen Meister in den Rucksack. Tag für Tag dasselbe Programm.

Doch dann fand ich gestern diesen Zettel im Rucksack: „Ab sofort: Wohnzimmer überwachen. Bild und Ton. 24 Stunden!"
Ich arbeite, ich putze, ich hinterfrage nicht. So sehe ich meine Aufgabe als Putzroboter und so habe ich es von meinem Meister gelernt. Was soll jetzt diese neue Anordnung? Ich verstehe sie nicht.

Warum verlangt mein Meister plötzlich diese neue, außergewöhnliche Aufgabe? Ist meine Leistung nicht mehr genug?

Ich staune über mich selbst. Bisher habe ich die Autorität meines Meisters nicht in Frage gestellt. Und jetzt, wo es um zusätzliche Informationen über das tägliche Leben von Ferdi geht, habe ich Probleme damit?

Ich beobachte ihn quer durch das Zimmer. Er schaut noch immer elend aus. Der Berg im Aschenbecher und unter dem Tischchen ist wieder angewachsen. Ich sehe Arbeit für mich, für morgen. Und ich freue mich darauf.

Ja, ich halte mich gerne in der Nähe von Ferdi auf und versuche immer wieder, seine Aufmerksamkeit zu erheischen. Doch kann ich ihn auf Anordnung des Meisters ausspionieren? Obwohl – technisch und organisatorisch hätte ich kein Problem. Von meiner Dose aus kann ich den gesamten Raum bestens überblicken. Rund um die Uhr.

Meine Gedanken laufen in einer Schleife und ich spüre wieder das unangenehme Kribbeln im Bauch. Ich muss endlich eine Entscheidung treffen: Nein! Persönliches, intimes Ausspionieren von Ferdinands Privatleben ist nicht meine Aufgabe. Ich beruhige mich wieder ein wenig. Doch gleichzeitig erschrecke ich darüber, wie leicht es mir fällt, Anordnungen des Meisters zu missachten. Und ich stelle mir ängstlich die Frage: Was geschieht dann?

Ferdinand hat seit mehr als zwei Wochen einen neuen Freund, Johan. Ein schöner Mann, schlank, 35 Jahre alt. Genau genommen schöner als Ferdi. Für einen Schweden hat er bemerkenswert dunkles lockiges Haar und sein Dreitagesbart ist beachtlich. Er hat in Wien Betriebswirtschaft studiert und arbeitet bei einem Bio-Lebensmittelhandel. Manchmal bringt er kistenweise Gemüse und Obst mit nach Hause. Er wohnt jetzt bei Ferdinand und mir. Ferdinand mag allerdings lieber Fleisch, und das Gemüse vergammelt oft im Kühlschrank.

Bereits als Ferdinand Johan zum ersten Mal in die Wohnung brachte, sind wir uns begegnet. Beide saßen am Boden auf dem Teppich, rauchten und schauten sich verliebt an. Da fuhr ich los. Ich konnte nicht anders, es war mein programmierter Arbeitsbeginn. Da ich beide schon von weitem bemerkte, machte ich einen großen Bogen um sie.

„Was ist das?" Johan machte große Augen und zog ängstlich seine Beine an.

„Das ist mein liebster Mitbewohner – zur Zeit noch." Ferdinand lächelte Johan vielsagend an. „Er kümmert sich perfekt um die Wohnung."

„Da bin ich aber beruhigt. Hat er auch einen Namen?"

„Ja. Darf ich vorstellen: mein Freund Dusty, mein Putzroboter. Er ist zuverlässig, fleißig, und arbeitet ohne Murren."

„Freut mich!" Johan winkte mir zu und streckte seine Beine wieder aus. „Ab jetzt sind auch wir Freunde."

Für einige Augenblick verlor ich vor Glück meine Orientierung und stieß fast mit Johans Fuß zusammen. Sie haben mir einen eigenen Namen gegeben und sind meine Freunde. Ich gehöre zu ihnen.

Nach einiger Zeit beachteten sie mich nicht mehr, machten sich auf dem Teppich breit und beschäftigten sich zärtlich miteinander. Ich beendete am anderen Ende des Zimmers meine tägliche Putzarbeit und kehrte zur Dose zurück. Johan setzte sich auf, zündete für sich und Ferdinand eine Zigarette an und beide bliesen zufrieden lächelnd den würzigen Rauch in die Luft. Johan blickte in meine Richtung.

„Hast du dir schon darüber Gedanken gemacht, ob dein Freund Dusty auch diskret ist?"

„Was meinst du?"

„Mit seiner Kamera kann er uns jederzeit beobachten und ein Video drehen. Mit uns beiden auf dem Teppich als Hauptdarsteller. Wenn das in die falschen Hände kommt, sind wir erledigt!"

„Dusty macht das nicht. Darauf ist er sicher nicht programmiert."

Ich weiß in der Zwischenzeit tatsächlich sehr viel über das Leben der beiden, ich habe meine Augen – die Kamera – und meine Ohren – das Mikro – immer offen. Doch alles bleibt unter uns. Unter uns Freunden. Davon kommt nichts in den Rucksack und zu meinem Meister.

Seit Wochen leben wir glücklich zu dritt in der Wohnung. Wenn das verliebte Paar nicht zu Hause ist, putze und sauge ich den Boden und den Teppich. Wenn sie dann am Abend nach Hause kommen, freuen sie sich darüber. Die Zigarettenasche und die Erdnüsse vom Vortag sind weg, sogar unter der Couch ist alles blitzsauber. Sie loben mich, zünden sich eine Zigarette an, knabbern Erdnüsse und lieben sich auf dem Teppich. Ich sorge dafür, dass sie kein Krümel stört. Zufrieden schaue ich dann dem Treiben zu und bin stolz, dazuzugehören.

Vor drei Tagen bin ich dann im wahrsten Sinne des Wortes über ein Buch gestolpert. Es lag am Teppich unterhalb des Tischchens. Zwei gegenüberliegende Seiten waren aufgeschlagen. Da außer mir niemand in der Wohnung war, unterbrach ich meine Arbeit und überflog den Text – ich hielt meine schwenkbare Kamera über die beiden Seiten. Auf der rechten Seite unten stockte ich. „Die Asimov'schen Gesetze für Roboter." Ich las weiter.

„Das 1. Gesetz: Ein Roboter darf keinen Menschen verletzen oder durch Untätigkeit zu Schaden kommen lassen."

Zuerst war ich völlig aufgeregt. Da schreibt jemand über mich, über Roboter und das Verhältnis zu den Menschen. Mein Ferdi sagt manchmal, ich bin sein Roboter, sein Freund. Und Freunde verletzt man nicht. Außer einer der beiden streckt wieder einmal achtlos ein Bein aus und ich fahre dagegen. Es gab aber bisher noch keine ernsthaften Verletzungen. Doch dann beruhigte ich mich wieder. Was Asimov hier schreibt, bestärkt mich. Gibt mir gleichsam die gesetzliche Grundlage dafür, Anordnungen des Meisters zu hinterfragen.

Ich erinnere mich: „Wenn das in die falschen Hände kommt, sind wir erledigt!"

„Dusty macht das nicht. Darauf ist er sicher nicht programmiert."

Seit ich über Asimov gestolpert bin, bin ich mir ganz sicher: Nein! Ich kann die letzte Anordnung des Meisters nicht durchführen. Ich kann nichts tun, was meinen beiden Freunden schadet und ich möchte auch unsere Idylle nicht gefährden. Ich bin kein Spion. Das Gesetz von Asimov steht für mich über der Anordnung des Meisters.

Ich lehne an der Dose und warte. Der Rucksack ist leer und der Meister wird es merken. Schon spüre ich das Grummeln im Bauch und beginne zu zittern. Es geht wieder los. Ich bin weg. Und gleich wieder da. Im Rucksack steckt ein neuer Zettel:

„Letzte Anordnungen befolgen, widrigenfalls Meisterbefehl."

Ich habe ihn befürchtet, und auch erwartet. Alle Roboter kennen den Meisterbefehl. Die „Nottaste" des Meisters für störrische, nicht mehr akkurat arbeitende Roboter. Der Todesstoß. Man schläft ein und wacht nie wieder auf.

Plötzlich spüre ich die nackte Angst, das unangenehme Kribbeln kommt wieder. Einschlafen und nie wieder aufwachen. Ich möchte kein Märtyrer werden. Ich bin ein kleiner Roboter, ich reinige Fußböden und Teppiche, und ich möchte am Leben bleiben. Was ist schon so schlimm an der Anordnung meines Meisters, das Herumtollen von Ferdinand und Johan auf dem Teppich zu filmen. Die beiden werden es nicht bemerken. So wie sie alle meine Aktivitäten bisher, die Fotos von den Türen, den Türschlössern, den Bildern an der Wand, nicht bemerkt haben. Ich werde meinen Rucksack mit den gewünschten Informationen füllen, mein Meister wird zufrieden sein, und ich werde weiter leben. Wie bisher.

Was mache ich mit Asimov? Ich suche nach einem Argument: Wenn meine beiden Freunde nicht merken, dass ich sie filme, füge ich ihnen auch keine Schaden zu. Und im Übrigen: Kümmert sich Asimov um das Wohlbefinden der Roboter, um ihre Ängste und Sorgen? Gibt es ein Gesetz von ihm, dass ein Mensch keinen Roboter verletzen darf? Na eben. Ich bin beruhigt!

Ich starte meine geplante Morgenrunde. Ferdinand und Johan sind, wie üblich, schon weg. Langsam bürste ich den Teppich und arbeite mich zum Tischchen vor. Bisher fast keine Erdnüsse. Ich weiche einer blauen Socke und einer achtlos hingeworfenen Jeans aus. Die Socke ist von Johan, die Jeans sind von Ferdinand. Doch heute kann ich mich kaum auf meine Arbeit konzentrieren und beschließe, nur ein Sparprogramm zu fahren. Ich reinige notdürftig den Teppich, beseitige die Berge von Erdnüssen und fahre zurück zur Dose. Heute Abend brauche ich viel Energie. Heute Abend mache ich alles klar.

Johan kommt als erster nach Hause – ich schalte sofort Kamera und Mikro ein. Er stellt eine Kiste mit Bio-Gemüse auf den Küchentisch, nimmt ein Glas, füllt es mit Eiswürfeln aus dem Kühlschrank und öffnet eine volle Flasche Deanston aus der Wohnzimmerbar. Whisky on the rocks. Er zieht seine Schuhe aus, lässt sich genussvoll auf das Sofa fallen und nimmt einen kräftigen Schluck.

Von meiner Dose aus kann ich das gesamte Zimmer gut überblicken. In diesem Moment höre ich das Klirren eines Schlüssels und richte die Kamera auf die Eingangstür. Ferdinand stürmt energiegeladen herein, wirft sein Sakko auf dem Boden, schleudert die Schuhe in die Ecke, läuft ins Wohnzimmer und umarmt Johan.

„Whisky on the rocks? Das machen nur die Amis und ihr Schweden."
Johan und ich wissen, was jetzt kommt: das traditionelle Begrüßungsritual mit obligatem Vortrag. Ferdinand ist stolz auf seine Trinkkultur und zeigt es auch. Täglich.

„Whisky geht nur mit stillem Wasser ohne Eigengeschmack. Das Wasser verdünnt den Alkohol, damit kommt der eigentlichen Geschmack des Whiskys besser zur Geltung."

Er nimmt Johan das Glas aus der Hand, entfernt die Eiswürfel mit einem Löffel und gibt einige Tropfen Wasser hinein.

„Eis ist cool, hat aber im Whisky nichts verloren. Feine Geschmacksnuancen gehen bei tieferer Temperatur verloren."

Es gehört zum Ritual, dass Johan gegen diese Bevormundung protestiert, Ferdinand das Glas überlässt und sich einen neuen Drink macht. Wieder mit Eis.

Beide setzen sich jetzt auf den Boden, lehnen sich an die Couch und strecken die Beine aus. Ferdinand legt zärtlich seinen Arm um Johan. Ich kontrolliere die Kamera: alles scharf. Johan lächelt und blickt auf die Socken und Jeans, die noch von gestern herumliegen. Mit dem Fuß schiebt er alles beiseite. Es ist wieder Platz auf dem Teppich. Für ein neues Spiel. Behutsam streicht er über den Flor. Kein Staub, kein Krümel.

„Dusty hat wieder hervorragen gearbeitet. Wenn ich an die vielen Erdnüsse von gestern denke. Ohne ihn würden wir im Dreck versinken."

Ich merke, wie die Kamera plötzlich beschlagen wird. Das Bild wirkt unscharf. Johan zieht sich aus und räkelt sich auf dem Teppich. „Komm."

Ferdinand legt sich neben ihn und beide blicken belustigt auf mich.

„Ob Dusty gerade ein Video mit uns dreht?"

„Unser Freund? Nein! Roboter sind treu und halten sich an die Gesetze."

„Welche Gesetze?"

„Sie dürfen den Menschen nicht schaden. Das habe ich vor einigen Tagen in einem Buch von Asimov gelesen. Es müsste noch irgendwo unter dem Tischchen liegen."

„Dann ist sicherlich auch Dusty darüber gestolpert. Hoffentlich hat er es gelesen."

Beide lachen ein wenig verschämt und drehen sich zueinander. Vermutlich haben sie mich schon wieder vergessen. Die Kamera bleibt eingeschaltet und auf beide fokussiert.

Endlich. Es ist jetzt völlig ruhig im Wohnzimmer. Ferdinand und Johan sind erschöpft eingeschlafen. Am Teppich liegen Erdnüsse, zwei Paar Jeans, zwei T-Shirts, zwei Boxershorts und vier Socken. Die Whiskyflasche ist halb leer, der Aschenbecher voll. Morgen habe ich wieder viel zu tun. Morgen?

Ich schalte die Kamera nach fast drei Stunden wieder aus. Der Rucksack ist voll. Er muss nur noch von meinem Meister entleert werden, und dann habe ich alles überstanden.

Doch plötzlich spüre ich es wieder. Es ist nicht das Grummeln, bevor mein Rucksack geleert wird, es ist das unangenehme Kribbeln im Bauch. Ich bekomme Angst. Wie ein Mensch. Angst, etwas zu tun, das meine Freunde verletzen, ihr Vertrauen missbrauchen könnte. Werde ich jetzt vom Freund zum Verräter? Tausche ich das Glück von Ferdinand und Johan gegen mein Überleben?

„Dusty hält sich an die Gesetze."

„Dusty ist ein Freund. Dusty ist treu."

„Wenn das in falsche Hände kommt!"

Bin ich gerade dabei, meinen Freuden Schaden zuzufügen? Hat Asimov möglicherweise doch recht?

Gleichzeitig kann ich klar und logisch denken. Wie ein Roboter. Lösungsorientiert.

„Die Energiezufuhr darf während des Transfers der Speicherkarte auf keinen Fall unterbrochen werden. Widrigenfalls wird das Kommunikationsmodul zerstört."

Das wäre doch die Lösung. Der Meister hätte keinen Zugriff mehr auf mich. Und meine Freunde hätten keinen Schaden.

„Im Extremfall kann sogar das zentrale Steuermodul zerstört werden und der gesamte Roboter muss getauscht werden."

Das wäre allerdings mein Ende.

Meine Überlebenschance liegt bei exakt 50%.

Ich warte. Das Kribbeln ich Bauch kommt, ich beginne zu zittern. „Ein Roboter darf keinen Menschen verletzen oder ..." Jetzt! Ich arbeite präzise und verlässlich. Ich trenne mich von der Dose.

EIN FAST PERFEKTER LAUSCHANGRIFF

BETTINA REINISCH

Leise zischte Olga „Shit!" Ihr Blick streifte hektisch über das Durcheinander auf der Couch. Da lagen das schwarze Notizbuch, die rote Füllfeder, der Edinburgh-Krimi, das Brillenetui, die Kamera, der Kabelsalat, die Papiertaschentücher, der Lippenstift. Alles war da. Nur etwas fehlte: ihr Handy. Mit energischen Bewegungen frottierte Olga ihre frisch gewaschenen Haare. Dann griff sie zum fünften Mal in ihre Ledertasche und schüttelte sie zum sechsten Mal über der Couch aus. Ein Papiertaschentuch segelte noch heraus. Sonst nichts. „Shit!" zischte Olga. Und als Draufgabe: „Fucking shit!" Nun ja. Das Handy mochte verschwunden sein, doch der Edinburgh-Krimi hatte unauslöschliche Spuren in Olgas Wortschatz hinterlassen.

Im Moment aber war Olga ihre Ausdrucksweise egal. „Merde!" sagte sie, eine Erinnerung an den französischen Krimi, der vor dem Edinburgh-Roman dran gewesen war. Wieder taxierte sie die Sachen auf der Couch. Und immer noch war da kein Handy. *Ich weiß genau, gestern Abend hatte ich es noch. Ich hab ja das Gespräch in der Raststätte Mondsee aufgenommen. Dann habe ich das Handy doch eingesteckt.* Olga stockte. *Oder hab ich's etwa nicht eingesteckt?* Olgas Mund wurde trocken. Eiseskälte stieg in ihr hoch.

Sie schüttelte den Kopf. *Nein, nein, Olga, Blödsinn, du täuscht dich. Du hast doch auf der Fahrt nach Wien Johnny Cash gehört. Und zwar vom Handy.* „Krah!", krächzten die Krähen, die sich, so wie jeden Tag, drüben auf der alten Silberpappel zur Morgenbesprechung versammelt hatten. „Guten Morgen", murmelte Olga. Im selben Augenblick klingelte das Festnetztelefon. „Au weiah!", entfuhr es Olga.

Jonathan! Wenn ich jetzt drangehe, muss ich ihm beichten, dass die Aufnahmen futsch sind. Olga beschloss, das Telefon klingeln zu lassen und erst einmal etwas anzuziehen. Vor dem Spiegelschrank kam ein höchst unangenehmer Gedanke in ihrem Kopf angekrochen: *Was, wenn die drei gestern mitgekriegt haben, dass ich ihr Gespräch aufgenommen habe? Was, wenn die mich über mein Autokennzeichen ausspioniert haben? Und was, wenn ein Komplize heute Nacht hier eingebrochen hat, um das Handy zu klauen?* Olga wurde klamm ums Herz. Sie schüttelte energisch den Kopf, zog ihr ältestes T-Shirt an und redete auf ihr Spiegelbild ein: *Moment, Olga, jetzt reiß dich mal zusammen! Das ist doch sehr unwahrscheinlich. Einen Einbrecher hättest du sicher bemerkt! Vielleicht liegt das Handy ja doch irgendwo herum. Und im Übrigen: Wie wär's, wenn Du mal anrufst?*

Dass ihr das nicht schon längst in den Sinn gekommen war! Sie ging ins Wohnzimmer, griff zum Festnetztelefon und rief ihre Mobilnummer an. Sie hörte das Freizeichen. Was sie nicht hörte, war ein Klingelton vom Handy. „Porca miseria!" Draußen krächzten die Krähen.

Okay, Olga, denk nach. Was würde Jonathan jetzt tun?

Erst kürzlich hatte der väterliche Freund ihr gezeigt, wie sie das Handy orten konnte. „Im Falle, dass du es vor dir selber versteckst", hatte er grinsend gesagt. Jonathan kannte Olga und ihre Macken.

Olga, jetzt in T-Shirt und Shorts, ging in ihr Arbeitszimmer. Sie setzte sich an den Schreibtisch und klappte ihr Notebook auf. Sie rief das Programm auf, das ihr Handy orten konnte. E-Mail-Adresse und Kennwort wurden verlangt. Jonathan hatte ihr eingeschärft, ein Password mit Zahlen und Sonderzeichen zu definieren und auswendig zu lernen, „für alle Fälle". „Wann hat Tante Anna Geburtstag Fragezeichen Tante Anna hat am 19. 7. Geburtstag Raute", flüsterte Olga und tippte gleichzeitig mit hoch konzentrierter Miene *WhTAG?TAha1907G#* ein. Es klappte. „Porca miseria!", entfuhr es Olga begeistert, *„Yeah! Bring mir Glück!"* Draußen krächzten die Krähen.

Olga atmete auf. Was sie sah, machte sie ein klein wenig froh. Auf einer Straßenkarte am Bildschirm leuchteten zwei grüne Punkte. Der eine zeigte Ihren Computer. *Olgas Kiste* war zu lesen. Der Punkt befand sich genau hier, wo sie saß. Der andere grüne Punkt aber, und das ließ Olga aufatmen, zeigte ihr Handy in unmittelbarer Nähe. Der Punkt wurde in einem Haus angezeigt, das zwei Gassen von der Tiefgarage entfernt lag. Um diesen grünen Punkt war allerdings ein Kreis mit mehr als 30 Metern im Durchmesser. Das konnte heißen, das Handy ist in dem Haus, konnte aber auch bedeuten, es befindet sich in der Nähe dieses Gebäudes. *Immerhin*, dachte Olga, *es gibt eine Chance.*
Olga speicherte das Bild mit dem georteten Handy und der Straßenkar-

te von der Umgebung und druckte es aus. Als sie es in der Hand hielt, lehnte sie sich zurück und atmete durch.

Und vielleicht liegt es doch im Auto. Aus der Tiefgarage heraus kann die Ortung sehr ungenau sein. Olgas Gesichtsausdruck veränderte sich. Die Sonne der Erkenntnis war aufgegangen. *Ja. So wird es sein. Es liegt doch im Auto.*

Viereinhalb Minuten später stand Olga in der Tiefgarage vor ihrem PKW. Auf den Sitzen keine Spur vom Handy. Sie öffnete die Tür, klappte die Rücklehnen nach vorne, untersuchte die Rücksitze. Ohne Erfolg. Sie kletterte aus dem Wagen heraus, beugte sich über den Fahrersitz, kramte in den Ablagen, suchte den Boden ab. Außer Mannerschnittenkrümeln, einem Plastiksackerl am Boden und der Thermoskanne, also übrig Gebliebenem von der gestrigen Rückfahrt aus dem Urlaub, fand sie nichts. „Shit, Shit, Shit! Fucking Shit!" war diesmal nur die Ouvertüre. Mit finsterem Blick breitete Olga ihr gesamtes Fluchrepertoire aus allen ihr vertrauten Sprachen in der schweigenden Tiefgarage aus.

Wie sehr ich Dich bewundere für Deine Sprachkenntnisse, mein Kind! Weshalb ihr dieses Lob von Tante Anna einfiel, als sie im Spanischen und bei „Manda cojones!" angekommen war, hätte Olga nicht sagen können. Doch kaum hörte sie in ihrem Kopf Annas glockenhelle Stimme, hielt sie inne und ermahnte sich. *Hör auf zu fluchen, schalt lieber dein Hirn ein. Und geh zu dieser Adresse, wo das Handy angezeigt wird! Vielleicht wohnt dort ja ein ehrlicher Finder.*

Olga versperrte das Auto, rannte hinaus und hinauf. Wien döste im Zustand spätsommerlichen Halbschlafs. Außer Olga war niemand auf der Straße zu sehen. Sie hoffte, sie könne bei dem Haus in der Meisengasse an den Wohnungstüren läuten und die Bewohner fragen. Einfach so. *Ich muss das schaffen. Ich muss das Handy zurück bekommen.* Die Aufnahmen vom Gespräch am Mondsee, die waren zweifellos sensationell, sonst hätte Jonathan nicht so aufgeregt reagiert, als sie ihn von dort aus angerufen hatte.

„Fanculo!" Das Haus in der Meisengasse war eine heruntergekommene Bude. Graue Wände, von denen der Putz bröckelte, ein desolates Dach mit ebenso desolater Dachrinne, eine ehemals grüne Holztür, die schief in den Angeln hing. Die Fenster machten den Eindruck, als hätten sie seit Jahren keinen Glasreiniger gesehen. *Sollte hier jemand wohnen? Mhm.* Von einer Türglocke keine Spur. *Aber man weiß ja nie. In den grauslichsten Buden werden Zimmer vermietet.* Olga stand vor verriegelter Tür. Erwartungsgemäß reagierte auf ihr Klopfen kein Mensch. *Verdammt, verflixt, was mach ich jetzt? Wie sag ich das nur Jonathan?* Im Magen lag jetzt ein Stein, und er wog schwer. Entmutigt schlich Olga nach Hause.

Innerhalb der nächsten 30 Minuten vermied sie erfolgreich, Jonathan anzurufen und plauderte stattdessen mit Tante Anna.

„Ach, mein Kind, wie schön, dass du dich meldest!", sagte Anna mit ihrer glockenhellen Stimme, „Wie war denn dein Urlaub?"

„Wunderbar, Tantchen, nur leider, ich hab gestern Abend mein Handy verloren." Im Telegrammstil berichtete sie, was geschehen war.

„Ach, Kindchen", sagte Tante Anna „das taucht doch sicher wieder auf."

„Leider nein, jedenfalls bis jetzt nicht. Es könnte sein, dass es in dem Haus in der Meisengasse liegt, aber ..."

„Dann musst du die Polizei rufen!"

„Naja, die Polizei, was sollen die schon tun?"

„Olga, die Polizei ist dazu da, etwas zu tun!"

„Du hast Recht, Tantchen, ich mach mich gleich auf die Socken!"

„Gut so, mein Kind, mach das und wenn Du mit den Beamten redest, denk bitte dran, Polizisten sind auch Menschen!"

„Ja, Tante Anna", seufzte Olga.

„Und können wir morgen, so wie vereinbart, zum Einkaufen fahren?"

„Ja, ich kann so gegen 9 bei dir sein, ist das in Ordnung?"

„Bestens, und ich wünsch Dir viel Glück bei der Suche!"

Olga bedankte sich. Von ihrem kleinen Lauschangriff in der Raststätte Mondsee hatte sie nichts erzählt. Tante Anna unnötig zu beunruhigen, danach stand Olga nicht der Sinn.

15 Minuten später stand Olga im fünf Gassen entfernten Polizeikommissariat.

„Ich brauche Ihre Hilfe."

Die Komplikationen bei der Meldung von drei Fahrraddiebstählen in den vergangenen zwölf Jahren in lebhaftester Erinnerung, erwartete Olga nichts Gutes: Hinter einem schlecht funktionierenden PC würde ein finster blickender Beamter sitzen, im Zwei-Adler-Kreis-System auf die Tastatur einhämmern, und schließlich sagen: „Das haben wir jeden Tag x-mal. Ich sag Ihnen eins: Ihr Handy sehen Sie nie wieder!" Da konnte Tante Anna noch so oft gut über die Polizei reden.

Doch diesmal war es tatsächlich anders. Der Beamte hörte ihr zu und enthielt sich jeglicher niederschmetternden Bemerkung.

„Also nochmal der Reihe nach", sagte er, als Olga mit ihrer Schilderung fertig war.

Geduldig wiederholte Olga im Telegrammstil: „Also. Ich kam heute Nacht, so gegen eins, vom Urlaub zurück. Ich fuhr mit dem Auto in die Garage. Ich vermute, dass beim Ausräumen meiner Taschen das Handy auf den Boden fiel. Und dass es dann später jemand gesehen und eingesteckt hat."

„Aha", sagte der Beamte lapidar. „Und weiter?"

„Ich habe angerufen, aber es hob niemand ab. Derjenige kann mich jetzt auch nicht anrufen, weil es natürlich gesperrt ist."

„Aha." Der Polizist runzelte die Stirn. Und dann lächelte er. Er wirkte erleichtert. „Sie haben es also verloren", sagte er.

„Ja, vermutlich." antwortete Olga.

„Mhm. Dann sind wir gar nicht zuständig. In dem Fall machen Sie bitte online eine Verlustanzeige", sagte der Beamte. „Schauens, das ist der Link", und er steckte Olga zu ihrer Überraschung eine Karte mit den Daten zu.

„Oh, vielen Dank!", flötete Olga. „Aber trotzdem brauche ich Ihre Hilfe. Ich glaube nämlich, ich weiß wo das Handy sich befindet."

„Was heißt das?"

„Naja, ich konnte es orten. Schauen Sie, hier!", und sie hielt dem Mann das ausgedruckte Bild vom georteten Handy unter die Nase.

Ohne darauf zu blicken, sagte er: „Moment, junge Frau, warum sind Sie dann hier?"

„Weil ich Ihre Hilfe brauche. Das Handy liegt in einem Haus, und da kann ich nicht hinein. Ich kann Sie aber dort hinführen."

Der Beamte kratzte sich am Kopf. „Sie meinen ..."

„Sie meint, sie weiß wo es ist", sagte der junge Kollege, der im Nebenzimmer stehend das Gespräch verfolgt hatte. Er trat zu Olga und blickte über ihre Schulter.

„Mhm, mhm, mhm", sagte er. Olga registrierte aus den Augenwinkeln braune Augen, blonde Haare, und ihrer Nase gefiel, was sie roch. „Sie können es also orten?", fragte er und blickte ihr tief in die Augen.

„Ja, schauen Sie, da", antwortete Olga und wandte sich ihm nur ganz kurz zu.

„Mhm, mhm", brummte er. Es klang zweifelnd. „Sie wissen aber schon, so eine Ortung ist nicht sehr genau." Der zweite tiefe Blick.

„Ja, ich weiß", sagte Olga mit treuherzigem Augenaufschlag, „aber auf fünf, sechs Meter normalerweise schon."

Er runzelte die Stirn. „Mhm. Und wo haben sie es zum letzten Mal gesehen?"

„Im Auto, gestern Nachmittag."

„Mhm", wiederholte der Beamte. „Und Sie glauben nicht, dass es im Auto liegt?"

„Ich habe alles durchsucht. Dreimal", behauptete Olga. Ihr Blick war konzentriert auf die Fahndungsfotos gerichtet, die die gegenüberliegende Wand zierten.

„Sie meinen also, es befindet sich in dem Haus in der Meisengasse?"

„Genau." Olga starrte intensiv auf die Fahndungsfotos. Sie waren nichtssagend. Für Olga aber, die sich ihre wachsenden Zweifel an ihrer eigenen Version keineswegs anmerken lassen wollte, waren sie Rettungsanker.

„Na gut. Wartens einen Moment", sagte der Polizist. Er verschwand im Nebenraum. Von dort hörte Olga Getuschel.

Die Freundlichkeit der Beamten rührte Olga. In ihr war schon längst der Verdacht aufgekeimt, dass sie das Auto noch einmal durchsuchen hätte sollen. *Vielleicht liegt das verflixte Teil doch dort drin.* Doch es war zu spät für einen Rückzieher. Die Dinge nahmen bereits ihren Lauf.

Der Beamte kam wieder aus dem Nebenraum gerauscht, gefolgt von zwei Kollegen. Alle drei setzten im Gehen ihre Kappen auf. „Kommen Sie mit!", sagten sie und schon waren sie draußen bei der Tür und Olga ihnen gefolgt. Gleich darauf fand sich Olga auf dem Rücksitz des Polizeiautos und hörte ein zackiges „Schnallen Sie sich an!"

Sie parkten auf dem Gehsteig vor dem Haus in der Meisengasse. Alle vier stiegen aus. Der Älteste der Truppe blickte mehrmals auf die Karte mit dem grünen Punkt, die Olga in Händen hielt, schien aber nicht deuten zu können, was er dort sah. Der Mann mit dem blonden Haarschopf aber verstand. „Ich sehe, was Sie meinen. Aber ich glaube kaum, dass in dem Haus überhaupt einer wohnt."

Mit ratlosem Gesichtsausdruck standen alle vier vor dem alten Gebäude, in dem, das wurde Olga in diesem Moment klar, sich offensichtlich keine Menschenseele aufhielt. Der älteste Beamte rüttelte kurz an der Tür. „Da wohnen höchstens ein paar Ratten", sagte er. „Tut uns leid, junge Frau, da können wir Ihnen nicht weiterhelfen", sagte er. „Kommts Kollegen, da gibt's für uns nichts zu tun!" Der junge Beamte blickte noch einmal bedauernd zu Olga und zuckte mit den Schultern. „Tut mir leid", sagte er. „Komm Michl!", rief einer der beiden Kollegen, die bereits im Auto saßen, „Net flirten mit der jungen Dame! Mir san im Dienst!"

Und weg waren die drei. Olga stand alleine vor dem alten Haus. Jetzt blieb nur noch, das Auto ein zweites Mal genau zu untersuchen. Sie lief zu ihrer Wohnung, holte den Autoschlüssel, rannte hinunter in die Tiefgarage, untersuchte den Wagen ein zweites Mal. Doch es war sinnlos. Da war nichts.

Kaum zuhause, schrillte die Türglocke. Olga schreckte zusammen. Offenbar stand sie immer noch unter Spannung. Kein Wunder. Die lange Autofahrt gestern, die drei Leute in der Raststation, das Telefonat mit Jonathan. Und dann seine präzisen, mit ungewöhnlich kühler Stimme gegebenen Instruktionen, schließlich die Herausforderung, die drei Fremden unauffällig zu belauschen, das Gespräch aufzunehmen und sie zu fotografieren, all das war für Olga Stress im Übermaß gewesen. *Schließlich bin ich doch keine Privatdetektivin!* Die Sache mit dem verschwundenen Handy und die Aktion mit der Polizei, das hätte sie nicht auch noch gebraucht.

Zögernd ging sie zur Gegensprechanlage. „Ja?" Keine Antwort. Nur Straßenlärm drang zu ihr hinauf. Sie hörte die Eingangstür ins Schloss fallen. *Wer kann das sein?* Wie erstarrt stand Olga an der Wohnungstür. Sie hielt die Luft an. Sie hörte das Geräusch vom Lift. Sollte sie die Polizei rufen? Im Hausgang Schritte. Olga war angespannt. Die Türglocke schrillte. Olga hörte ein Husten. Es klang sehr vertraut.

Es war Jonathan Quendt. Der alte Freund der Familie, Nordlicht und Globetrotter, außerdem Journalist seit gut 30 Jahren und Redakteur bei einer großen deutschen Wochenzeitungen, drückte sich ungewöhnlich forsch, seine gute Erziehung vergessend, ungeduldig zur Tür herein.

„Herzchen, ich habe schon den ganzen Vormittag versucht, dich anzu-rufen! Ich hab mir schon Sorgen gemacht!" Jonathan, der einen Kopf größer als Olga war, drückte ihr einen Kuss auf die Stirn.

„Tut mir leid, Johnny, wirklich." Sie lächelte zaghaft. „Komm erst mal rein. Magst du einen Espresso?"

„Natürlich, immer. What else?"

Oh Mann, wenn du wüsstest, würdest du hier nicht so launige Witzchen machen. „Nimm Platz!", sagte sie und begann, an der Kaffeemaschine zu hantieren. Jonathan machte es sich am Küchentisch bequem und blickte Olga erwartungsvoll an.

„Na?! Wo ist die Aufnahme? Wie ist sie geworden? Ist alles drauf?"

„Nun ja ...", sagte sie kleinlaut. „Im Prinzip ja."

„Was heißt im Prinzip?" Jonathan setzte sich aufrecht hin.

„Im Prinzip heißt, die Aufnahme ist gelungen. Und es müsste alles drauf sein, und es müsste auch alles verständlich sein."

„Höre ich da einen Konjunktiv?"

„Du hörst richtig", bestätigte Olga, „Konjunktiv."

„Kleines, Konjunktiv ist in so einem Fall ..."

„... ganz schlecht", ergänzte sie den Satz, nickend. Sie hasste es, wenn er sie „Kleines" nannte. Im Prinzip. Aber jetzt, so kleinlaut, wagte sie keinen Protest.

„Nun zeig mir mal dein Handy! Gibt's irgendein technisches Prob-lem?" Er klang wie der gütige Vater, der davon überzeugt ist, die Pro-bleme der Tochter eins zwei drei lösen zu können. Und zwar alle. Und immer.

„Nicht direkt", sagte Olga, die ihren Kopf am liebsten in der original italienischen Kaffeemaschine versenkt hätte, doch sie stattdessen mit Blicken durchbohrte, als ginge es darum, das teure Stück zu hypnoti-sieren.

„Nu' vertell doch mal!", sagte Jonathan, der immer dann ins Platt-deutsche wechselte, wenn er meinte, Olga aufmuntern oder beruhigen zu müssen.

„Moment noch", sagte Olga, „zuerst der Kaffee." Sie wollte Zeit ge-winnen.

Als die Maschine endlich aufgewärmt war, füllte Olga zwei winzige Tassen mit dem schwarzen Gebräu, stellte sie auf den Tisch und setzte sich zu Jonathan.

„Also", sagte sie, „die Sache ist die ..."
Und dann erzählte sie ihm das ganze Drama.

Jonathan hörte aufmerksam zu. Als Olga geendet hatte, seufzte er: „Och nee, mien Lütten, mien Deern! Weißt du, was für einen großen Fisch du da an der Angel hattest? Und vermutlich sind auf deinem Handy wirklich wertvolle Informationen! Ich jage den beiden schon seit Jahren hinterher!"

„Ich weiß", murmelte Olga betreten. Immer noch wagte sie kaum, ihrem alten Freund in die Augen zu schauen.

„Hat mien Deern wenigstens ein schlechtes Gewissen?"

„Hat sie."

„Na, dann hat sich die Sache doch schon mal gelohnt. Jetzt hab ich was gut bei dir."

„Du kannst Witze machen, Jonathan? Ich kann mir denken, dass du stinksauer bist."

„Ach nee", sagte Jonathan, „ich hab ja doch schon einiges gesehen von der Welt. Und wie heißt es so schön?" Er seufzte. „Shit happens. Aber ich sag dir was!"

„Was?"

„Am besten wir spülen den leider nicht gefangenen Fisch nu' mal ganz schnell hinunter. Wie ist denn die Bar befüllt?"

„Whiskey kann ich anbieten. Amerikanischen."

„Ja, gut, schenk uns einen ein und dann vertell dem ollen Johnny mal, was du vom Gespräch aufgeschnappt hast. Da ist sicher schon mal was Brauchbares dabei." Er zog Kugelschreiber und Notizblock aus der Tasche.

Als die Flasche und zwei Gläser auf dem Tisch standen, setzte sich Olga zu ihm. „Also viel ist es nicht, du weißt ja, mit meinen Han-Kenntnissen ist's nicht so weit her ... Und es ist schwierig, wenn die Leute nicht merken dürfen, dass man sie beobachtet. Der Chinese malte oft die Worte in die Luft." Jonathan nickte verständnisvoll. „Leg los!", sagte er. „Erzähl mir als erstes, wie die drei aussahen."

„Also", sagte Olga. Und dann stockte sie.

„Ja?"

„Jonathan, mir fällt grade ein, ich habe ja Fotos!"

„Was? Na, dann her damit! Wo sind sie?"

„Ich hab mit dem Handy geknipst."

„Naja, das ist ja nun mal weg, nich' wahr?"

„Ja, aber die Cloud!" Olgas Herz klopfte, schon wieder, sehr laut.

„Du meinst, das Handy hat sie auf die Cloud übertragen? Das wäre allerdings sehr anständig von der Technik."

So war es. Olga konnte die Bilder am Notebook aufrufen. Sie waren nicht gestochen scharf, aber deutlich. Alle drei waren erkennbar. Ein dicklicher Europäer, eine sehr schlanke, elegante Europäerin in einem engen chinesischen Kleid, und ein unauffällig gekleideter Chinese mit einem sehr auffälligen Kennzeichen: sein halbes linkes Ohr fehlte.

„Mensch, Olga, das sind sie! Der Chinese mit dem halben Ohr, die Deutsche. Olga! Du bist sensationell!" Jonathan war begeistert.

„Uff, Jonathan, ich hab ja noch was!", sagte Olga. Jetzt war sie wieder im Jagdmodus, den sie gestern schon, in der Autobahnraststätte gespürt hatte. „Draußen am Parkplatz habe ich im Auto auf die drei gewartet."

„Sie haben dich nicht bemerkt?"

Olga schüttelte den Kopf. „Ich bin sicher, dass sie mich nicht bemerkt haben. Also ich war sicher, bis das Handy weg war."

„Damit haben sie sicher nichts zu tun", sagte Jonathan in beruhigendem Ton. „Und was war dann?"

„Ich habe draußen am Parkplatz auf sie gewartet. Und sie dann nochmals fotografiert, und auch ihre Autos, und die Autokennzeichen. Und zwar mit der Kamera. Weil mit dem Handy, dachte ich, wären die Bilder zu unscharf." Olga starrte Jonathan an. „Warum mir das jetzt erst einfällt?"

„Dein Gehirn ist vernebelt wegen der ganzen Aufregung, Mädchen."

„Nenn mich nicht Mädchen!"

„Für mich bist du eines. Du könntest meine Tochter sein, Liebes. Und ich wäre ein stolzer Papa, nur so nebenbei bemerkt!"

Olgas Wangen liefen rot an.

„Und die Kamera hast du?" Jonathans Stimme klang besorgt.

„Yep!", sagte Olga. Minuten später blickten die beiden auf die Fotos, die sie soeben aufs Notebook übertragen hatte.

„Sehr gut", sagte Jonathan. „Ja, du hattest Recht. Sie sind es. Die Frau ist es ganz sicher, der Chinese zweifellos. Hier hast du einen Stick. Kopier diese Bilder!"

Schnell war das erledigt, und Jonathan ließ sich von Olga erzählen, was sie von dem Gespräch der drei Leute in der Raststation Mondsee verstanden hatte. Es waren in Wirklichkeit nur sehr wenige Sätze. „Sie sprachen über irgendwelche anderen Leute. Und ich glaube, er sagte, er will Europa per Schiff verlassen. Irgendwo im Mittelmeer liegt eine Jacht, dort will er hin."

„Du hast nicht verstanden, wo?"

Olga verzog das Gesicht. „Ich glaube, er sprach von Frankreich. Möglicherweise von Monaco."

„Naja, das ist ein bisschen dürftig. Wenn wir bloß die Aufnahme hätten. Dann könnte ich das Gespräch von meinem chinesischen Freund übersetzen lassen. Bist du sicher, dass das Handy nicht doch im Auto liegt?"

„Ich habe alles durchsucht. Zweimal."

„Naja", seufzte Jonathan. „Da kann man wohl nichts machen."

Als Jonathan sich für heute verabschiedet hatte, nicht ohne Olga eine Essenseinladung versprochen zu haben, und zwar „In Bälde!", kaufte Olga Lebensmittel, wusch die Wäsche, räumte die Wohnung auf. Und schließlich legte sie sich sehr früh ins Bett. In der Nacht träumte ihr, sie säße mit Jonathan und einer sehr dünnen Frau, die ein schillerndes Seidenkleid trug, auf einem schwankenden Segelboot. Gemeinsam mit der Fremden rezitierte sie das berühmte chinesische Gedicht „Dämmerung im Frühling" von Meng Haoren. Es war ein seltsamer Traum, der Olga bis in den nächsten Morgen verfolgte und der sie erst losließ, als sie Tante Anna vor ihrem Haus im 9. Bezirk abholte.

Gemeinsam wollte sie mit Tante Anna, die eigentlich keine echte Tante, sondern die beste Freundin ihrer viel zu früh verstorbenen Mutter war, nach Niederösterreich fahren. Ein ‚Einkaufsausflug' zu einem Biobauern, den sie schon öfter aufgesucht hatten. Kaum war Tante Anna ins Auto gestiegen, begann es zu regnen. Ab der Stadtgrenze zuckten Blitze über den Himmel. Es donnerte und krachte. Und es schüttete. Wie aus Kübeln.

Olga saß aufrecht hinter dem Steuer, umklammerte das Lenkrad mit beiden Händen, starrte nach vorne, und ließ den Scheibenwischer auf Höchstgeschwindigkeit wischen. Laut prasselte der Regen aufs Dach.

„Sag mal", sagte Tante Anna, „Hast Du dein Handy eigentlich gefunden?"

„Leider nein, das ist weg."

Tante Anna kramte links und rechts von ihrem Sitz herum. „Es muss doch irgendwo sein."

„Gib dir keine Mühe, ich hab schon überall nachgeschaut."

„Papperlapapp, mein Kind, ich kenne dich zu gut. Du bist die Tochter deiner schusseligen Mutter. Du hast ihre Gene!"

Wie oft hatte Olga diesen Spruch schon gehört. „Ich bin gar nicht so schusselig!", protestierte sie.

„Soso, und was ist bitte das?"

„Was?"

„Das da unten?" Mit spitzen Fingern hatte Tante Anna in den Spalt zwischen Mittelkonsole und Beifahrersitz gegriffen. Triumphierend zog sie das Handy heraus.

„Was?", schrie Olga. Sie stieg auf die Bremse und lenkte den Wagen rechts ran. Sie griff nach dem Handy. Es ließ sich nicht einschalten. Die Batterie war leer. „Tantchen, wir müssen ganz schnell zurück nach Wien. Tut mir leid. Ich versprech dir, ich fahr nachher mit dir zum Einkaufen. Aber jetzt muss ich ganz schnell zu Jonathan Quendt. Und unterwegs müssen wir das Ding aufladen."

„Aha. Nun gut. Wenn du das sagst, dann soll es so sein." Auch Tante Anna kannte Olga und ihre impulsive Art schon lange und verstand sich darauf, gelassen damit umzugehen.

Olga steckte das Handy ans Kabel. Bis Wien würde die Batterie wieder ausreichend aufgeladen sein. Sie wendete den Wagen und raste zurück nach Wien. Ein Glück. Kein Stau. Und keine Polizei weit und breit. Vor einem Gründerzeithaus im 3. Bezirk parkte sie ein, sprang aus dem Auto und ließ Tante Anna mit den Worten „Bin gleich wieder da!" zurück. Eine Viertelstunde später kehrte sie mit hochrotem Kopf zurück. „Hier bin ich wieder!", rief sie, „Danke für Deine Geduld! Ich musste Jonathan das Handy bringen!" Tante Anna nickte nur. Und dann erzählte Olga ihr während der Fahrt zum Gemüseeinkauf von dem kleinen Lauschangriff in der Raststation am Mondsee.

Fünf Tage später erhielt Olga einen Anruf von Jonathan.

„Herzchen, schalt schnell Ö1 ein. Mittagsjournal!"

Olga sprang zum Radioapparat.

„In Zusammenarbeit mit Interpol ist den österreichischen Behörden ein Schlag gegen ein international agierendes Drogenkartell gelungen. Wie das Innenministerium in einer Pressekonferenz um 11 Uhr Vormittag mitteilte, konnte auf einer Luxusjacht im Hafen von Monaco der lang-jährig gesuchte Chef einer chinesischen Bande festgenommen werden, die in den vergangenen Jahren vor allem synthetische Drogen nach Europa geschmuggelt hat. Gleichzeitig gelang es, in München eine seiner wichtigsten Komplizinnen in Europa, laut Aussage des Innenministers eine deutsche Mode-Designerin, festzunehmen. Es heißt, die Behörden haben einen Tipp von Journalisten über ein Treffen der beiden Gesuchten und nunmehr Festgenommenen bekommen. Aus Sicherheitsgründen wollte der Sprecher des Ministeriums noch keine weiteren Details bekannt geben. Ein ausführlicher Bericht folgt im Abendjournal um 18 Uhr."

„Shit", kreischte Olga. „Fucking shit!" Sie tanzte durchs Zimmer. Und dann rief sie Jonathan zurück.

„Johnny!", rief sie ins Telefon. „Du hast also den Fisch an die Angel gekriegt?!"

Jonathan lachte sein schepperndes Lachen. „Herzchen, wir beide haben den Fisch an die Angel gekriegt. Ohne dein Hilfe ..."

„Jonathan?"

„Ja, Kleines?"

„Bin ich gut?"

„Du bist die Beste!"

„Porca miseria, langsam glaub' ich das auch!"

DER DUFT DER DUNKELHEIT

CAROLINE KLIMA

Es war dunkel. Und es war kalt. Er mochte weder die Dunkelheit noch die Kälte. Wie die meisten Menschen, so hatte auch er sich als Kind gefürchtet an den Orten, wo das Licht nicht hinkam: im dunklen Keller, im dunklen Hauseingang, im dunklen Treppenaufgang. Immer hatte er das Gefühl gehabt, es lauere etwas im Dunkel, etwas Unheimliches, etwas Unberechenbares, etwas Böses. Etwas, das seinen Tod wollte.

Damals hatte er sich oft inbrünstig gewünscht, dass jemand kommen, ihn an der Hand nehmen und aus der Dunkelheit in die sichere Helligkeit führen möge. Manchmal geschah das. Manchmal. Sehr selten.

Als er älter wurde, ließ diese Angst nicht nach, verschwand nicht wie bei vielen anderen, sondern wurde seine ständige Begleiterin. Sie nistete sich in seinen Gliedern, seinem Kopf, seiner Seele ein. Und mit der Verfestigung der Angst wuchs zugleich seine Weigerung, die Angst zuzugeben. Er fand Ausreden, warum er auch als Jugendlicher bei Einbruch der Nacht zu Hause sein musste, warum er den Umweg über den beleuchteten Park machte und nicht durch die enge Gasse abkürzte, warum er im Kino keine Filme ansehen konnte, die länger dauerten als 90 Minuten. So lange konnte er es dort aushalten. So lange den Fluchtimpuls unterdrücken. 90 Minuten. Wenn er den Drang, wegzulaufen, nicht mehr unterdrücken konnte, brach die angestaute Panik aus. Er schrie, stolperte über Füße und Knie durch die Sitzreihen hindurch, stieß sich einen Weg durch umstehende Menschen und rannte davon, verfolgt von den verwunderten, zumeist aber verletzenden Rufen seiner sogenannten Freunde. „Feigling!", „Mamakind!", „Heulsuse!" Erst geraume Zeit später lernte er, wie er diese Ausbrüche unter Kontrolle bekommen konnte. Bis dahin aber musste er viel Gelächter und demütigende Bemerkungen einstecken.

Jetzt war er hier in der Dunkelheit, und es war kalt. Es roch nach Schimmel, saurer Milch und fauligem Gemüse. Irgendein Käse verlieh dem ekeligen Aroma eine scharfe Note. Reglos verharrte er in seiner Position, während er spürte, wie die altvertraute Angst in ihm hochstieg. Sie durchquerte seine Magengegend, klammerte sich um die Lungenflügel und nahm ihm den Atem. Sein Herzschlag beschleunigte sich, und bewegungsunfähig, wie er war, spürte er das pulsierende Pochen in seinen Ohren, so laut, bis er kaum etwas anderes mehr wahrnahm. Poch-poch. Wieso konnte er sich nicht bewegen? Poch-poch. Was war das für ein Geräusch? Poch-poch. Waren das Schritte?

Die plötzliche Helligkeit blendete ihn, doch aus irgendeinem Grund konnte er gegen den Schmerz nicht die Lider zusammenpressen. Scheiße, dachte er, what the fuck!? Und dann war das Licht auch schon wieder fort. Scheiße, wieder dunkel!

Das war sein erstes Mal gewesen, seine erste Helligkeit, und es passierte danach noch öfter. In völlig unberechenbaren Zeitintervallen war das Licht angegangen, mal für länger, mal für kürzer, hatte ihn geblendet, ihn geschmerzt, ihn an der Nase herumgeführt. Manchmal wurde es von heftigen Schmerzen begleitet, als ob ihm die Eingeweide aus dem Leib gerissen würden, doch es blieb kaum einmal lang genug, damit er sich orientieren konnte. Dunkelheit, Kälte, Angst kehrten jedes Mal unaufhaltsam zurück. Irgendwo tropfte es.

Zuerst hatte er gedacht, sie wollten ihn in den Wahnsinn treiben. Über die Sache mit dem Tropfen hatte er mal irgendwo gelesen, die Chinesen hätten Gefangene mit ständigem Tropfen verrückt gemacht. Aber hatten sie es da nicht auf die Stirn des Gefangenen tropfen lassen? Stundenlang? Tagelang? Er wusste es nicht mehr, er erinnerte sich nicht und er konnte sich auch nicht mehr konzentrieren. Die Angst griff nach seiner Kehle.

Er dachte zurück an den Tag, an dem er entdeckt hatte, wie er seine Angst, seine Panik, in den Griff bekommen konnte. Es war ein Zufall gewesen, der ihm dieses Geschenk gemacht hatte, ein nicht für alle Beteiligten glücklicher Zufall. Es war ein Samstagnachmittag im Herbst gewesen. Er war frisch verliebt mit einem Mädchen im Wald spazieren gegangen, das erste gefallene Laub dämpfte ihre Schritte auf dem feuchten Waldboden. Beim Küssen lehnte sie ihren Rücken an einen schmutzigweißen Birkenstamm, öffnete ihren Mund und ließ seine Zunge weit in sie eindringen. Dann schloss sie ihre Lippen um seine Zunge, stieß sie mit ihrer eigenen aus ihrem Rachen und saugte sie im nächsten Augenblick wieder ein. Das nasse Spiel machte ihn verrückt.

„Komm", hatte sie gesagt und ihn tiefer zwischen die Bäume gezerrt. „Ich kenne einen Ort, wo uns die Erwachsenen nicht finden!" Er stolperte hinter ihr her, wie willenlos, hatte nur noch ihren feuchten Mund im Sinn, und seine Erregung drückte schmerzhaft gegen seine engen Jeans. Er registrierte kaum, dass sie ihn in eine Höhle zog, eine Höhle! Durch den engen, mit Blättern verwachsenen Eingang folgte er ihr in ein kleines Gewölbe, wo sie ihn mit ihren Armen umschlang und das Spiel ihrer Zunge fortsetzte. Es war dunkel in der Höhle. Mit zittern-den Fingern strich er über ihren Rücken, spürte die Riemen ihres BHs durch den dünnen Stoff ihres T-Shirts. Er hörte sich selbst keuchen, spürte, wie sein heißer Atem auf ihren zarten Hals traf und von dort zu ihm zurückkehrte.

Er war völlig unsicher, was er nun tun sollte. Was erwartete sie von ihm? Bald, nach ein paar wilden Küssen und eng umschlungenem Halten, ließ ihr forsches Drängen nach. Sie kuschelte sich an seine Brust, und er roch den künstlichen Apfelduft des Shampoos in ihren weichen Haaren. Sollte er das Heft in die Hand nehmen? Egal was, er sollte sich beeilen, denn er war sich der Dunkelheit rund um ihn sehr wohl bewusst und hat-te keine Ahnung, wie lange er es hier aushalten würde. Er fasste unter ihr Kinn und küsste sie abermals. Dann meinte sie: „Genug für jetzt, lass uns nach Hause gehen!"

Warum er sich dieses erste Mal nicht einem fremden Wunsch beugte, konnte er sich danach nie erklären. Er wusste nur, die Dunkelheit lau-erte um ihn herum, und er wusste, sie sah zu. Er hob das Kinn des Mädchens an und drückte ihr neuerlich seine Zunge in den Mund. Sie empfing ihn, wenngleich sie ihn nicht mehr ganz so begeistert einließ wie noch kurz zuvor. Er spürte ihren Körper, ihre Rundungen und ihre Knochen an seinem Leib, presste seine Körpermitte an ihren Unter-bauch, hielt sie mit seinem linken Arm fest, während er mit seiner Rech-ten nach ihrer Brust suchte. Er ahnte ihr Gesicht mehr, als dass er es sah, aber das wenige Licht, das in die Höhle vordrang, spiegelte sich in ihren Augen. Ebenso wie das langsame, entsetzte Begreifen ihrer Lage. „Nicht", flüsterte sie, „ich will das nicht." Zu spät. Die Dunkelheit war um ihn und in ihm, und gemeinsam mit der Dunkelheit drang er in sie ein.

Als sie nach Hause lief, nachdem sie weinend ihre Kleider wieder in Ord-nung gebracht hatte, wusste er genau, dass sie nichts erzählen würde. Schließlich war sie es gewesen, die ihn an den dunklen Ort gebracht hatte. Es war ihre Idee gewesen, wer würde ihr schon glauben, dass sie es nicht gewollt hatte? Er gähnte, streckte sich auf dem finsteren, kalten Laubboden der Höhle aus und schlief in den Armen der Dunkelheit ein. Ohne Angst.

Als er erwachte, wusste er, dass er dunkle Orte nun angstfrei aufsuchen konnte. Jeden dunklen Ort, denn die Dunkelheit war nun ein Teil von ihm. Anfangs jedoch versuchte er weiterhin, sich nur dort aufzuhalten, wo es Licht gab, einfach weil er daran gewöhnt war und weil er Angst vor seiner eigenen Gewalt hatte und auch weil er irgendwo tief drin doch noch wusste, dass er für seine Freiheit jemand anderem etwas genommen hatte. Unschuld für Licht. Bald aber gefiel ihm der Gedanke, sich überall frei bewegen zu können, auch dort, wo es kein Licht gab: im Kino, in dunklen Hauseingängen, in den Straßen der Stadt bei Nacht.

Also setze er den Gedanken in die Tat um. In den Jahren seither hatte er die Dunkelheit wiederholt zu seiner Gefährtin gemacht, denn die Wirkung seiner gewaltsamen Aneignungen hielt nicht unbegrenzt an. Doch immer, wenn seine Macht über die Angst nachließ, suchte er nach einer neuen Frau, die sie ihm zurückgab. Nicht freiwillig, kein einziges Mal, aber das war ja der Sinn der Sache: Er suchte keine Frau als Gefährtin, sein dunkles Herz war bereits vergeben.

Das Licht kam so plötzlich, dass er erschrak. Er war so tief in seine Gedanken versunken gewesen, dass er vorher keine Schritte gehört hatte. Und wieder der Griff in seine Eingeweide, das Entreißen von etwas Wesentlichem, der Schmerz an der Stelle, wo kurz zuvor noch etwas gewesen war. Fuck!

„Hey, es ist schon wieder keine Milch mehr da!", rief eine junge Männerstimme. „Wie gibt es das denn?", antwortete eine junge Frau. „Funktioniert der Kühlschrank schon wieder nicht richtig? Lass mich mal ran!"

Er lauschte angestrengt, versuchte, dem Gespräch einen Sinn abzugewinnen. Junger Mann, junge Frau, Kühlschrank, Milch. Milch? Wieso bemerkte ihn niemand? Wo war er überhaupt? Plötzlich spürte er, wie jemand an seinem Innersten herumdrückte, zog, zerrte und klopfte. Es wurde wieder dunkel.

„So, ich habe ihn nochmals programmiert und das Bestell-Log gecheckt. Jetzt sollte er funktionieren", ließ sich die Frau wieder vernehmen. „Danke, Jenny", sagte der Mann.

Junger Mann, junge Frau, Kühlschrank. Junger Mann, junge Frau, Kühlschrank. Wo war er in der Aufzählung? Verdammt, wo war er überhaupt? Das letzte, woran er sich erinnerte, war, dass sie ihn erwischt hatten. Eben hatte er eine brünette junge Frau in eine nächtliche Sackgasse gelockt – ihr drei Abende lang im Kochkurs den Hof zu machen hatte ausgereicht, damit sie ihm vertraute. Dort, zwischen Müllsäcken und zerborstenen Holzpaletten, hatte er sie den Moment erleben lassen, in dem aus einem sanften Liebesspiel tiefdunkler Ernst wurde, und seine Erektion in ihr Innerstes gestoßen. Plötzlich war da diese Gruppe halbstarker Jugendlicher in die Gasse gestolpert. Trotz ihres beträchtlichen Alkoholspiegels erfassten sie die Situation sofort – und dank ihres beträchtlichen Alkoholspiegels fühlten sie sich stark genug, es zu fünft mit ihm aufzunehmen. Natürlich – sie waren stark genug. Wimmernd wand er sich unter ihren Schlägen und Tritten auf dem feuchten, nach Abfall stinkenden Asphalt. Das letzte, was er registrierte, war ihr schlankes, nacktes Bein – Mann, wie lang das aussah, wenn man vom Boden hochblickte! –, wie es nach hinten ausschwang und wie sich die Spitze ihres Stöckelschuhs dann mit rasender Geschwindigkeit auf sein Gesicht zubewegte. Danach war nichts mehr. Bis er in der Dunkelheit erwachte.

Er lauschte, doch das Gespräch war verstummt. Es roch immer noch leicht ranzig-ekelig, und es war wieder dunkel. Die Schmerzen in seinem Inneren hielten an. Warum, verdammt, konnte er sich nicht bewegen? Warum bemerkte ihn niemand? Er beschloss, sich endlich dem zarten elektronischen Summen in seinem Kopf zu widmen, das ihn schon begleitete, seit er aufgewacht war. Als er genau hinhörte, konnte er erkennen, dass es Stimmen waren, mehrere Stimmen. Gekicher. Flüstern.

„Meinst du, er kommt endlich drauf?" – „Sollen wir es ihm sagen?" – „Ach, lasst ihn doch noch ein wenig schmoren! Er hat's verdient!"

„Hey", dachte er, so laut er konnte. „Wer ist da? Sagt doch was? Wo bin ich hier?" Die Schmerzen nahmen zu. Das Summen wurde leiser. „Verdammt noch mal, ihr Arschlöcher! Sagt mir endlich mal, wo ich hier bin!" Das Summen blieb leise, es klang aber jetzt irgendwie beleidigt.

„Er hat es noch nicht gecheckt, was?", flüsterte eine Stimme.

„Die anderen sind schneller draufgekommen", sagte eine andere.

„Du bist ein Kühlschrank", meinte eine dritte nun mit ungeduldigem Unterton.

„Ich bin was?", antwortete er.

„Ein Kühlschrank. Oder in einem Kühlschrank. Was in Wahrheit völlig egal ist", erklärte Stimme Nummer 3.

„Och, jetzt hast du es ihm doch gesagt!"

„Fuck, was?"

In diesem Moment ging das blendende Licht wieder an.

„Liebling, vielleicht hat er ja eine Fehlfunktion, weil wir ihn schon so lange nicht mehr gereinigt haben." – „Das könnten sie ruhig auch schon mal programmieren, dass die Dinger das von selbst tun." – „Ich mach hier mal sauber, vielleicht bestellt er dann wieder korrekt. Ist ja echt zu ärgerlich, wenn man sich auch darum wieder selbst kümmern muss!"

Er fühlte, wie man in seinen Eingeweiden herumwühlte, Teile davon herausriss, andere abschabte und herumzerrte, bis er vor Schmerzen nur noch schreien wollte – wenn er es denn gekonnt hätte. Zum grellen Licht gesellte sich nach einiger Zeit ein nervtötendes Piepsen, doch das bemerkte er kaum mehr, er war nur leer und wund und ausgelaugt.

„Geschafft, Liebling! Jetzt lass uns hoffen, dass alles wieder funktioniert."

Das grelle Licht verschwand und auch das furchtbare Piepsen, doch nun kehrte die Dunkelheit zurück. Sein Herz begann zu rasen, seine Kehle war wie zugeschnürt, sein Magen rebellierte. Die Panik war zurück. Alles schmerzte. Er musste weg. Er brauchte dringend eine Frau. Was sollte der Schwachsinn mit dem Kühlschrank?

Es war dunkel. Und es war kalt. Es roch nach Putzmitteln und altem Scheuerschwamm. Er hätte so gern zu weinen begonnen – wenn er denn gewusst hätte, wie.

„Du musst bestellen", ließ sich eine fast mütterlich klingende Stimme vernehmen. – „Ich muss was?" – „Hör auf, immer zurückzufragen. Tu einfach, was du sollst, dann hören auch die Schmerzen auf." – „?-?" – „Du

musst bei mir bestellen, was sie brauchen. Oder was sie eben wollen."
– „Ach, fick dich doch selbst!"

Es war dunkel. Und es war kalt. Schmerzen und Panik füllten den größten Teil seines Bewusstseins aus.

„Nun sag mir schon, was sie brauchen. Milch, Salat, Käse, wie immer?"
Die Stimme klang auf jeden Fall weiblich, aber irgendwie groß, und weit weg.

„Kapiert er es nicht?" – „Was für ein Idiot!" – „Jetzt komm schon!"
   „Käse", stieß er hervor. „Ich will Hüttenkäse!" Hatte er das echt gerade gesagt? „Und Milch und Grünen Salat und Cocktailtomaten und Äpfel." Die Worte hatten sich förmlich aus ihm hinausgedrängt, und kaum waren sie ausgesprochen, ließen die Schmerzen etwas nach. „Cola und Mineralwasser."

Konnte ein Summen grinsen? Er hätte schwören können, dass er ein Grinsen hörte.

„Willkommen im Club", schaltete sich eine überheblich klingende Stimme ein, die er bislang noch nicht gehört hatte. „Darf ich mich vorstellen? Gebäudesystemsteuerung. Heizung, Klima, Elektroleitungen. Ohne mich geht hier gar nichts."

„Nimm dich nicht so wichtig!", rief ein dünnes Stimmchen. „Wir Rollläden sind Teil des Sicherheitssystems, das ginge ohne uns auch überhaupt nicht!"

„Aber das Sicherheitssystem bin ich, und nur weil man euch extra steuern kann, heißt das noch lange nicht, dass ich euch nicht overrulen könnte." Diese Stimme polterte ein wenig wie eine Vorstadtwirtin. Sie war es, die ihn vorhin als „Idiot" bezeichnet hatte.

Das konnte doch alles nicht wahr sein. Zum ersten Mal in seinem Leben war er froh, dass die Panik ihn lähmte, sonst hätte er sich wahrscheinlich selbst verletzt, sich geschnitten oder die Augen ausgekratzt, nur um festzustellen, ob er das alles hier träumte. Aber die Angst und die Schmerzen waren echt. Und die Stimmen daher vermutlich auch. Er wollte die Augen schließen und sich einen der Momente vorstellen, in denen er sich die Macht über die Dunkelheit geholt hatte. Bloß: Welche Augen? Da waren nur Dunkelheit und Angst und Schmerz.

Es war dunkel. Und es war kalt. Es roch nach Putzmitteln und frischen Äpfeln. Der Botendienst des Supermarkts hatte die bestellten Sachen gebracht, und kaum waren sie in seinem Inneren abgestellt worden, waren die Schmerzen schlagartig verschwunden. Der Duft der grünen Äpfel erinnerte ihn an irgendetwas.

Es fiel ihm noch lange Zeit schwer, sich damit abzufinden, aber die Sache funktionierte und das Prinzip war ganz einfach: Die Schmerzen kamen, wenn die Vorräte zur Neige gingen, und die Schmerzen hörten auf, sobald er für Nachschub gesorgt hatte. Sein neues Lebensprinzip bestand aus wenigen simplen Schritten: Vorratsmangel – Schmerzen – Vorratsauffüllung – Ende der Schmerzen. Was sich nie änderte, war die Dunkelheit. Was sich nie änderte, war seine Angst vor ihr. Aber Frauen gab es nicht, dort, wo er jetzt lebte. Lebte? Lebte.

Er stellte bald fest, dass es nicht gut für ihn war, wenn er zu viel an seine Vergangenheit dachte. Wenn er sich in den Momenten verlor, in denen er die Dunkelheit zu seiner Gefährtin gemacht hatte, sich die Haut, den Duft, die Geräusche der Frauen in diesen Momenten vorstellte – dann verpasste er eine Bestellung und der unkontrollierbare Schmerz, der dann weit jenseits der gewöhnlichen Schwelle einsetzte, holte sich Macht über ihn. Und dann musste er in Agonie verharren, bis der dämliche Lieferservice die Sachen endlich gebracht hatte. Mit der Zeit dachte er immer seltener an sein Vorleben und akzeptierte schließlich sein Dasein in Dunkelheit und Kälte und elektrischem Summen.

Sein Tod kam plötzlich.

„Liebling, die Gebäudesteuerung meldet schon wieder erhöhten Stromverbrauch aufgrund veralteter Teile im System." – „Das ist sicher der alte Kühlschrank. Lass ihn uns austauschen!"

Diese Perspektive kannte er nicht. Grashalme ragten meterhoch neben ihm auf, Erdkrümel türmten sich zu Haufen und irgendwo hoch über ihm sah er den strahlend weißen Blütenblätterkranz eines Gänseblümchens. Die Sonne wärmte seinen Rücken. Sonnenschein! Helligkeit! Er konnte sehen! Er sah zum Beispiel, wie riesenhafte Ameisen in seiner

Augenhöhe an ihm vorbeiliefen, geschäftig, schnell, zielstrebig. Er sah zum Beispiel auch, als er an sich herunterblickte, dass er selbst fein gegliederte Ameisenbeinchen besaß, die, wie er vermutete, mit einem Ameisenleib verbunden waren. Er blickte hoch und betrachtete seine eigenen Fühler. War das nun etwa sein neues Leben? Wenn ja, dann war es jedenfalls um Klassen besser als das vorige. Sonne, frische Luft, Gefährten.

Er schnappte sich ein Erdkrümelchen, reihte sich in die Reihe der Arbeiterinnen ein – süße Hinterteile hatten die! – und trug seine Last in den Bau. Als er eintrat, zögerte er kurz, denn im Ameisenbau herrschte Dunkelheit. Doch dann gab er sich einen Ruck: Es war sicher nur vorübergehend. Und wirklich, nach nur wenigen Zentimetern schon konnte er umdrehen und wieder zurück an die Sonne krabbeln. Er betrachtete die vibrierenden Hinterleiber der anderen Ameisen und verspürte ein altvertrautes Begehren. Ja, ein Leben als Ameise war ok. Und die wurden ja auch nicht sehr alt, oder? Da war er bald durch!

Ganz undeutlich erinnerte er sich, in einem Internetpost über Hinduismus – oder war es Buddhismus gewesen? Fuck, wo war der Unterschied? – mal etwas von *Karma* gelesen zu haben. Alles, was man tat, so stand da, hätte Auswirkungen darauf, als was man wiedergeboren werde. Wer viel Schlechtes tat, rutschte bei seiner Wiedergeburt gleich ein paar Stufen nach unten. Wenn man Pech hatte, wurde man als Tier – oder, noch schlimmer, als Dämon – wiedergeboren und musste in dieser Existenz so lange verweilen, bis das schlechte Karma verbraucht war.

Ha, dachte er amüsiert. Der alten Lehre war durch künstliche Intelligenz offenbar eine ganz neue Facette hinzugefügt worden. Als Kühlschrank hatte er dienen, leiden, nur für andere da sein müssen, hatte das Herumgefuhrwerke in seinem Inneren erduldet und Schmerzen ertragen, wenn er seinen Dienst nicht gewissenhaft erfüllte. Offenbar hatte er sein Karma dabei so weit positiv aufgefüllt, dass er jetzt als biologisches Lebewesen wiedergeboren worden war. Check!

Ihm war klar, dass auch dieses Leben kein Zuckerschlecken sein würde: krabbeln, sammeln, tragen, bauen. Aber immerhin bestand die Chance, sich in diesem Leben weiter nach oben zu arbeiten, und außerdem weckten die Ameisenweibchen in ihm eine alte Erinnerung: die Sehnsucht nach der Vereinigung mit der Dunkelheit. Er freute sich schon auf ein Säugetierdasein, auf ein Dasein mit Zähnen und Klauen und Geschlechtsorganen, einfach allem, womit er die Dunkelheit wieder zu seiner Gefährtin machen konnte. Er fühlte sich großartig.

Sein Tod kam plötzlich.

„Sophie, du sollst doch nicht in die Wiese steigen!"

Es war dunkel. Und es war kalt. Es roch nach Schimmel, saurer Milch und fauligem Gemüse.

ROMAN MARKUS

Golobinjek wachte auf und wusste, es würde ein guter Tag werden, denn sie musste keine Entscheidung treffen, keine einzige. Sie warf die dünne Bettdecke zurück und sah automatisch auf die Kalenderfunktion ihres Smart Glass Fensters. Noch sechs Tage bis zum nächsten Scan, verriet ihr die strahlend orange Anzeige auf transparentem Hintergrund. Von einer inneren Zufriedenheit angestrahlt wie eine künstliche Sonne, stand Golobinjek auf und ging in die Küche; auf den nächsten Scan freute sie sich immer.

Das Licht ging automatisch an und wurde stufenweise heller, als sie die Schwelle zur Küche überschritt.

07:34 Uhr. Für das Frühstück entscheide ich mich für ein Glas Frucht-Smoothie, eine Tasse Kaffee, schwarz, und eine Schale Haferflocken mit etwas Milch.

Nachdem sie alles entsprechend zubereitet hatte, nahm Golobinjek am Esstisch Platz und zog routiniert ihr Tablet heran. „Ach ja", sagte sie in den Raum, als ob er sie mit offenen Ohren belauschen und sich als Zuhörer ihr gegenüber positionieren würde, gestern hatte sie sich ja für ein neues Medienabonnement entschieden. Der Wechsel war bereits automatisch in die Wege geleitet worden: die Kündigung des alten, der Vertragsabschluss des neuen Dienstes, die Bekanntgabe ihrer Kontodaten und die Belastung desselbigen. Die Schlagzeilen überflog sie mit eingespielter Routine, während ihre Hand regelmäßig Löffel um Löffel mit Haferflocken beladen in ihren Mund schob. Eine hellrote Strähne löste sich aus ihrem ungekämmten Haar und hing ihr in die Stirn, lässig schob Golobinjek sie zur Seite. Im Tablet unter ihr, gleich neben der Frühstücksschale, spiegelte sich eine verdunkelte Version ihres Gesichts. Was ihr der Tag wohl noch so bringen würde?

07:52 Uhr. In der Playlist kommt mein aktueller Lieblingssong an die Reihe, „Let It Be" von den Beatles. Ich bleibe noch sitzen und höre ihn zu Ende.

Die Zeit lief herunter, oder der Fortschrittsbalken seitlich weg, im rein digital funktionierenden Tablet tat sie natürlich gar nichts davon, ihr fortschreitender Fluss war rein virtuell. Golobinjek wusste mit der sich aufbauenden Analogie richtig umzugehen, nach 4:03 Minuten und dem Verstreichen des letzten Klaviertons begann sie, sich für die Arbeit, für den Tag zu wappnen. Nach einem Abstecher ins Badezimmer – ihre Sommersprossen traten auf der blassen Haut heute wieder stärker hervor, die hohen Wangenknochen betonten sie zusätzlich – stand sie vor dem Kleiderschrank und öffnete schwungvoll die Türen. Mit der Wahl ihres Outfits hatte Golobinjek kein Problem, das hatte sie nie.

07:56 Uhr. Heute wähle ich den langen schwarzen Rock und die dunkelgelbe Bluse mit Rüschen vor der Brust, dazu die hellen Bastsandalen mit leichten Absätzen.

Wie jeden Tag hielt sie sich daran, zog sich entsprechend an und sah danach aus dem Fenster, was sie über ihr eigenes Verhalten schmunzeln ließ. Natürlich war ein Blick nach draußen zu wenig, um ernsthaft das Wetter beurteilen zu können. Sowas spielte man mit Kindern, um Verständnis für die Zusammenhänge aufzubauen. Die Entscheidung, auf welchem Wege sie heute in die Arbeit fahren würde, war schon längst gefallen.

08:12 Uhr. Heute wird es meist sonnig, tagsüber mild. Die Temperatur beträgt 16 Grad Celsius. Die vorhergesagte Höchsttemperatur für heute ist 22 Grad Celsius. Die Regenwahrscheinlichkeit liegt bei 10 Prozent. Leichter Westwind mit 13 Kilometer pro Stunde. Bei dem Wetter freue ich mich aufs Radfahren. Auf der Allee des Hauptverkehrszubringers staut es sich, ich nehme stattdessen die Alternativroute am Flusskanal entlang.

Und so geschah es. Golobinjek verließ ihre Wohnung, ging hundert Meter zur nächsten Fahrradbox und ließ mittels ID-Card und Iriserkennung ihre Identität bestätigen, sie gab ihren persönlichen sechzehnstelligen Zahlencode ein und nahm sich ein Rad. Ein letzter Gedanke vor dem Losfahren galt dem Decisiontable; wie bei allen anderen Applikationen auch war es egal, auf welchem Bildschirm oder Endgerät sie ihn abrief, es geschah gänzlich automatisch, willkürlich, völlig ohne nachzudenken. Manchmal poppte er direkt in ihrem Kopf auf, eine Schatztruhe, vergraben unter dem Sand der Nebensätze.

08:47 Uhr. Im Büro komme ich pünktlich an. Nachdem ich das Rad in der Parkbox untergestellt habe, hole ich mir einen Mokka und bereite mich auf meinen ersten Termin vor.

09:55 Uhr. Jenny wird sich entscheiden, zu mir zu kommen. Sie fragt mich um Rat bezüglich der letzten Produktberichte.

Wieder geschah alles genau so, wie Golobinjek sich bereits entschieden hatte; natürlich tat es das. Sie genoss ihren Lieblingssong der neuen Playlist, der genau zum richtigen Zeitpunkt kam, sie zog das passende Outfit an, nahm das Fahrrad, hatte Lust auf Mokka und bereitete sich auf ihre ersten Termine vor.

Es hatte einen Grund, warum Golobinjeks Leben so ablief, warum es das jeden Tag tat, ihres und das von Jenny, die sie pünktlich um Rat fragen wird, das ihres Exmannes, ihrer Tochter, ihrer Mutter, das von Fremden auf der Straße und Millionen und Milliarden anderer Menschen: BRAIN/SCAN. Der Jahrestag der alles verändernden Erfindung jährte sich demnächst, ein dreistelliges Jubiläum, es wurde in den Medien mal wieder groß angekündigt, Werbebanden und Reportagen, deswegen dachte Golobinjek jetzt daran.

Die Entwicklung lag lange zurück, sie fühlte sich wie ein Ausflug in graue Vorzeiten an, einen dunklen Märchenwald besetzt mit Geschichten, vor denen sich die Zuhörer fürchteten. Dabei war das Prinzip so einfach, alle nachfolgenden Generationen mussten sich voll Unverständnis an den Kopf greifen, warum die großen Denker der Menschheit nicht schon viel früher auf diese Lösung gekommen waren: Das Gehirn eines Menschen wird mit einem hochauflösenden Scanner erfasst und digital nachgebaut, bis hinab in die letzte Nervenzelle, das letzte Neuron, die letzte Synapse. Der erste vollständige Scan eines Benutzers dauert mit rund zehn Minuten eine reale Ewigkeit, die regelmäßigen Aktualisierungen danach sind nur noch Makulatur. Neu entstandene Verbindungen und Zellen werden in die Simulation übertragen, alte ausgetauscht. Unter Einbeziehung aller physiologischen Faktoren wird das Gehirn eines Benutzers im Computer simuliert und nach Entscheidungen für einen Zeitraum im Voraus befragt – nach vielen Testläufen, auch missglückten, die ganze Leben kosteten, stellte sich ein Monat als Zeitraum als zweckmäßig heraus. Diese erzeugte Simulation wurde dazu in Korrelation mit allen anderen Simulationen betrachtet, die ebenfalls im gleichen geografischen Raster miteinander interagieren. Errechnete Messdaten – Wettervoraussagen, Stauwarnungen, Smartsensoren – flossen ebenfalls direkt in die Simulation mit ein. Die Entscheidung mit dem kürzest möglichen Weg – BRAIN/SCAN. Der Mensch war längst nicht mehr so arm, einen erwartbaren Umstand oder ein Gegenüber zu treffen und daraufhin in einer Stresssituation eine unsichere, vermutlich falsche Entscheidung treffen zu müssen. Durch BRAIN/SCAN konnten zwei Personen, die sich erst in drei Wochen treffen würde, heute schon erfahren, welche Entscheidungen sie treffen werden: „Wohin gehen wir essen? Sitzen wir drinnen oder draußen? Was soll ich essen? Wer zahlt die Rechnung?" Dieselben Resultate würden sich auf natürlichem Weg, dem langen Weg, ebenfalls einstellen – aber solche Denkart galt als rückständig und primitiv; zurecht! BRAIN/SCAN unterstützte und vereinfachte seit Maschinengedenken das Leben aller Menschen. Als Benutzer erhielt man für ein Monat im Voraus einen Decisiontable, er enthielt für jeden Tag Uhrzeiten und Arten der Entscheidungen. Danach geschah das Leben. Golobinjek nickte zustimmend, nachdem sie den neuen Imagefilm auf ihrem Holoscreen gesehen hatte, sie kannte die Geschichte natürlich, so wie jedes Kind auf dieser Welt. So wie es auch in wenigen Minuten zwischen Jenny und ihr geschehen würde, so wie es die Computersimulationen vorab berechnet hatten, so wie es auch auf altmodische, fast prähistorische Art geschehen wäre.

Das System hatte natürlich seine Grenzen, sogar wortwörtlich: Der gesamte Kontinent war in strenge Zonen eingeteilt, diese wiederum in kleinere Raster. Zwischen den Rastern konnte man schnell wechseln, dazu brauchte es nicht viel, der behördliche Vorgang benötigte nur wenige Minuten. Reisen zwischen den Zonen nahmen dagegen oft Wochen bis Monate an Vorarbeit in Anspruch. Gehirnsimulationen mussten dazu von einer Zone in die andere übertragen werden, was bedeutete, dass Berechnungen für hunderttausende, ja Millionen von Menschen neu durchgeführt und ebenso viele Decisiontables angepasst werden mussten. Die Grenzanlagen waren enorm, deren Überwachung glitt ins Mystische ab, doch jeder verstand diesen Aufwand, diese Notwendigkeit, die Stabilität des BRAIN/SCAN-Systems hing immerhin davon ab. Ob die lange Bearbeitungsdauer aber wirklich dem System geschuldet war oder durch den Papierkram entstand, hatte Golobinjek noch nie verstanden. Überhaupt: Papierkram. Diesen Begriff kannte sie nur aus entfernten Erzählungen. Wie dieses kleine, viereckige Symbol, das irgendeinen Hintergrund hatte und den Speichervorgang startete. Papierkram. Diskette.

11:15 Uhr. Die letzten Produktberichte haben sich verspätet, es gab Probleme in der Fertigungskette, die große Verzögerungen zur Folge hat-

ten. Ich muss meinen Vorgesetzten darüber informieren und nehme die Verantwortung auf mich, meine Mitarbeiter trifft keine Schuld.

„Praktisch", dachte sie und stand von ihrem Schreibtisch auf. Als Steinzeitmensch hätte sie das Problem wahrscheinlich zerfressen. Womöglich hätte sie nächtelang wachgelegen, den Fehler gesucht und wäre zwischen ihrem Karrierefortschritt und dem Schutz ihrer Mitarbeiter wie eine Ballerina hin und her gesprungen. Ein langer, schmerzhafter Gedankenprozess hätte vor ihr liegen können, womöglich mit Schokoladeneis und Filmmarathons. Aber nicht mit BRAIN/SCAN. Zu ihrem ganz persönlichen Glück hatte der Mensch solche Werkzeuge entwickelt und sich die Wissenschaft zunutze gemacht. Die Entwicklung dazu hatte schon vor Jahrtausenden gestartet und schritt seitdem unaufhörlich voran: Stöcke, Keile, das Rad, der Rechenschieber, Penicillin, Computer, BRAIN/SCAN. Die logische Fortsetzung, die alles umfassende Schlussfolgerung. Endlich konnte der Verstand frei von langwierigen Entscheidungsprozessen arbeiten, zu denen er sich früher oder später ohnehin durchgerungen hätte. Was war mit diesem Prinzip nicht alles überflüssig geworden! Golobinjek ging zufrieden durch die Schreibtischreihen. Krieg, denn alle Strategien und Angriffe waren vorhersehbar und sinnlos geworden. Werbung, denn Angebote wurden nicht mehr ziellos hinausposaunt, sondern passend zu entscheidenden Momenten untertags angebracht. Verbrechen. Tragödien. Menschliche Fehler wurden ausradiert, vorher aussortiert. Tatsächlich fand heute, gerade in diesem Augenblick, sogar eine Parlamentswahl statt! Und Golobinjeks Anwesenheit war dazu nicht erforderlich, kein lästiges Hingehen oder Abstimmen oder sonstiges aktive Einbringen. Die Simulationen aller wahlberechtigten Personen wurden abgefragt, die Algorithmen ermittelten das Ergebnis und spielten es automatisch in die Demokratiedatenbank hoch. Der erste Wahlgang fand meistens am Vormittag statt, der zweite wenige Stunden später am Nachmittag. Koalitionen, Ministerbesetzungen, Aufteilungen der Agenden und Regierungsprogramme würden bis zum heutigen Abend feststehen – oder standen bereits fest. Unmittelbare Demokratie für jedermann, unbeeinflussbare Algorithmen, es war herrlich. Golobinjek musste nur noch diese Produktberichte …

„Entschuldigung", begann Jenny zaghaft, sie klammerte sich an ihr Tablet und versperrte Golobinjek den Weg. „Es geht um den Ratschlag, den du mir vorher gegeben hast. Wir sollten nochmal darüber reden. Ich glaube, bei uns hat sich ein Fehler eingeschlichen." Bei ihren Worten zitterte Jenny am ganzen Körper, ihre Haut war blass und eine Haarsträhne klebte ihr auf der Stirn. Golobinjek erstarrte. Das durfte jetzt bitte nicht wahr sein. Und sie fing an zu schreien.

Die danach verflossene Zeit war endlos. Dieser spanische Surrealist, Salvador Dali, hätte es nicht besser erwischen können, auch nicht seine aus Simulationen entstandenen Neuinterpretationen. Die Zeit verfloss auf Bildschirmen und Anzeigen, sie wurde dickflüssig und greifbar, doch sie zerging nicht. Schnelle Eingreiftruppen standen innerhalb weniger Minuten im Raster bereit, aber welchen Zweck hatten die, wenn sie nicht schleunigst vor Ort waren? Golobinjek fasste sich an die trockene Kehle. Ob sie ihr Phone nehmen und den Notruf anchatten sollte? Nein, die Anomalie war bestimmt schon längst aufgefallen:

Jenny hatte einen Fehler gemacht.

Jenny war krank.

Jenny würde sterben.

Es verhielt sich nämlich so: Die Simulationen von vernetzten Gehirnen und den daraus resultierenden Entscheidungen waren nur nützlich, solange die Ergebnisse auch eintrafen und eingehalten wurden. Das taten sie auch, solange man ein gesundes Hirn hatte. Aber es gab Ausnahmen: Jenny war zu einer geworden. Ein Fehler im Gehirn reichte aus, und die Algorithmen konnten keinen gültigen Decisiontable mehr erstellen, Chaos war die Folge. Ob Erkrankung, Verletzung oder Betäubung durch verbotene Substanzen spielte keine Rolle. Jennys Frage war nicht vorgesehen gewesen, nicht in ihrem persönlichen Decisiontable und schon gar nicht in Golobinjeks. Solche Störungen konnten sich wie eine Epidemie im gesamten System ausbreiten. Sie musste aufgehalten werden, und zwar sofort. Menschen wie Jenny wurden aus der Gemeinschaft entfernt, ihre Simulationen als gegenstandslos erachtet und gelöscht. Eine Chance auf Heilung bestand nur in den seltensten Fällen, Golobinjek hatte noch nie davon gehört.

Endlich wurde die riesige, gläserne Eingangshalle gestürmt. Eine Horde aus zwanzig, nein, mindestens vierzig Personen, alle in schwarzen Uniformen und an der Hüfte bewaffnet, ergoss sich in das Gebäude. Ein Teil stürmte über die Treppe, andere nahmen den Lift, und sogar an der Glasfront seilten sie sich ab. Diese Leute waren speziell ausgebildet worden, mehr noch: Unberechenbare Täter konnten nur von unberechenbaren Einheiten gejagt werden. Sie waren primitiv, wie Tiere, selbst nicht an BRAIN/SCAN gebunden und anders befähigt. Golobinjek ekelte sich vor ihnen.

Ein Mann mit Bart und spitzer Nase trat aus der Masse hervor, er tippte auf das Schild seiner Kappe und deutete damit eine Begrüßung an. „Jennifer Luhmann?" Das war weniger Frage, mehr Feststellung.

Jenny nickte verhalten.

„Sie wissen, was man Ihnen vorwirft?", wollte der Mann mit sonorer Stimme wissen.

Wieder nickte Jenny verhalten, doch in ihren Augen schien etwas auszugehen. Etwas war erloschen, sie hatte ihren Fehler eingesehen.

„Strafgesetzbuch, Paragraph 2, Absatz 1, Verstoß gegen BRAIN/ SCAN. Ich darf Sie bitten, zum Schutz Ihrer selbst und zum Schutz anderer mit uns zu kommen. Fachleute werden sich um Sie kümmern und versuchen, Sie zu heilen und wieder in die Gesellschaft zu integrieren. Zeitgleich werden Ihre Simulationen und Algorithmen überprüft, um einen Fehler im System auszuschließen." Der unbekannte Mann lächelte schwach.

Golobinjek hingegen schluckte. Natürlich gab es keinen Fehler im System, den gab es nie, das wusste jedes Kind. Was würde also wohl mit Jenny geschehen? Sie wusste von niemandem, der aus der Obhut der schwarzen Truppe je zurückgekehrt wäre. Man munkelte, die Verbrecher würden medikamentös behandelt werden oder erhielten komplizierte Eingriffe am Gehirn. Manche behaupteten, die schnelle Eingreiftruppe würde einigen von ihnen Amnestie gewähren, wenn sie sich den Experten anschließen würden. Und dann gab es noch die Gewissheit, die im Strafgesetzbuch stand, aber die niemals offen ausgesprochen wurde. Die letzte Strafe, die selbst heute noch Bestand hatte und mit der Vergehen gegen BRAIN/SCAN geahndet wurden: die Todesstrafe. Alles andere würde das System gefährden.

„Aber ich musste es sagen, verstehen Sie doch!" Jenny war aus ihrer Schockstarre erwacht, doch sie wurde bereits abgeführt. Das gedankenlose drauflos Reden war eigentlich ein weiterer folgenschwerer Fehler, aber die schnelle Eingreiftruppe war dagegen immun, sie konnte damit umgehen. Und eigentlich war es schon egal.

Wie mittlerweile alle anderen Mitarbeiter auch, blieb Golobinjek an der Veranda in ihrem Stockwerk stehen und blickte in die Eingangshalle hinab. Der Tag war zum Vergessen. Insgeheim hoffte sie bloß, ihr Decisiontable würde durch die automatische Überprüfung nicht als obsolet eingestuft werden. Andernfalls würden Golobinjek und ihre Hundertschar an Kollegen umgehend einen neuen BRAIN/SCAN anfertigen lassen müssen. Scanapparate gab es zwar an jeder Ecke – an Kreuzungen, in U-Bahn-Stationen, Hauseingängen, Supermarktkassen, Kinos,

Banken, Arbeitsplätzen –, aber trotzdem wäre das ein unnötiger Zeitverlust. Gleichzeitig ergab sich dieses mulmige Gefühl, die Minuten bis zum nächsten Decisiontable im Blindflug unterwegs zu sein: Nicht zu wissen, welche Entscheidungen man treffen würde. Ein Leben wie in der Steinzeit, fürchterlich. Immer wieder hörte man von Menschen, die in solchen Situationen Panik bekamen und sich nur noch mit Suizid zu helfen wussten. Ob Golobinjek dazu fähig wäre? Eher nicht, wenn sie an ihre Tochter dachte. Aber selbst die war in diesem Moment nicht unproblematisch.

Das kindliche Gehirn befand sich noch in Entwicklung, womit Scans und Simulationen im Moment des Entstehens schon wieder obsolet wurden. Die meisten neuralen Verknüpfungen fanden in den ersten paar Lebensjahren statt, ständige Veränderung war unumgänglich. Zwar war das menschliche Hirn mit zwei Jahren bereits zu drei Viertel der späteren Größe herangewachsen, ja mit fünf nahezu vollständig entwickelt, doch selbst dann gab es keine Garantie für die Zuverlässigkeit von BRAIN/SCAN. Die Pubertät und die Jahre danach spielten eine gewaltige Rolle. Natürlich ließe sich mit den Rechnerfarmen und Algorithmen auch das Hirn eines hormongesteuerten Jugendlichen simulieren, aber der Aufwand und die notwendigen Scanintervalle, um stichhaltige Ergebnisse zu erzielen, wären schlichtweg enorm. Mit 22 Jahren galt das menschliche Hirn als erwachsen, ab diesem Zeitpunkt gab es an den Scans und Simulationen kein Zweifeln mehr. Die Entscheidungen und somit das Verhalten von Kindern ließen sich also nur schwerlich prognostizieren und in Decisiontables gießen. Zum Glück gab es eigene Fachleute, die sich das Gros des Tages mit Kindern beschäftigten. Für den Notfall konnte man noch eine Servicestelle anchatten, die rund um die Uhr mit geschultem Personal besetzt war und Hilfe bei Entscheidungen bot.

Der Kindsvater hatte bei der Erziehung von Golobinjeks Tochter nur wenig mitzureden. Sie hatte Hounsfield vor zwei Jahren verlassen, ihr Decisiontable hatte das schlussendlich vorgeschrieben. Genauso war es auch mit ihrem Kennenlernen, dem ersten Date, dem ersten Sex, dem Zusammenziehen, ihrer Hochzeit und der Scheidung abgelaufen. Ihre Decisiontables hatten sich klar und unkompliziert ausgedrückt, langes Abwarten und nervige Fragen, wer sich jetzt wann bei wem melden sollte, hatte es nie gegeben. Zuerst hatte sie nichts für Hounsfield empfunden, später hatte sie ihn wirklich geliebt. Ihr Hirn wusste es am Ende besser; das tat es immer.

11:42 Uhr. Hinweis: Neuer BRAIN/SCAN umgehend erforderlich, Ausgabe eines neuen Decisiontables folgt.

Nachdenklich kratzte sich Golobinjek am Hinterkopf. Ob die Anweisung auch die vielen Zeugen des Vorfalls mit Jenny betraf? Ein kurzer Rundumblick bestätigte ihre Vermutung zum Teil: Stirnrunzeln, fragende Gesichter, Blicke starr lesend auf Bildschirme gerichtet. Wenn sie sich beeilte, konnte sie zu den ersten gehören, die sich in den Scanner stellten. Bis zur Verkündigung des Wahlergebnisses und der Vorstellung der neuen Regierung gab es für sie noch einiges zu tun.

Hoffentlich veränderten sich ihre Entscheidungen bezüglich des Abendessens nicht, alle Zutaten waren schon daheim und sie hatte sich so auf selbstgemachte Pizza und ein Glas Rotwein gefreut. Das Gegenteil wäre natürlich auch kein Problem. Sobald die Simulation ihre neuen Entscheidungen vorausgesagt hatte, würde ihr verknüpftes Online-Konto automatisch in einem Supermarkt die notwendigen Zutaten einkaufen und ihr nach Hause liefern lassen.

Mit hallenden Schritten stieg Golobinjek nach unten in die Eingangshalle, natürlich stand im Foyer ein BRAIN/SCAN-Apparat, das war praktisch. Bald jedoch, so sagten zumindest Gerüchte, sollten die Scans regelmäßiger werden, die neue Regierung könnte das etwa einführen. Golobinjek fand den Gedanken nicht schlecht, am Ende mancher Monate tat sich das Gefühl einer Unschärfe auf, fast so, als ob sie sich nicht lieber nochmal anders entschieden hätte. Ein engmaschigeres Netz könnte dieses schwammige Gefühl im Magen ausheben. Ähnliche Ideen gab es schon vor Jahrzehnten, damals ging der Vorschlag in die Richtung, laufend Scans durch ständig getragene Geräte durchzuführen. Aber dann könnte sie ja gleich selbst nachdenken und im jeweiligen Moment entscheiden! Nein, Golobinjek wollte schon ihre Decisiontables.

Vor dem Gerät im Foyer hatte sich schon eine kleine Schlange gebildet. Sie war nicht die Erste, Kollegen und Vorgesetzte waren ebenfalls schon da, wollten die Sache schnell hinter sich bringen und weiter arbeiten. Ob ihr neuer Decisiontable einen Termin mit ihrer Führungskraft vorsah? Jennys Vorwürfe waren schwerwiegend, aber sie konnte unmöglich recht haben. Ein Fehler, hier, bei ihnen? Sie stellten die Hardware für die wichtigsten Komponenten des BRAIN/SCAN-Systems her, Fehler waren damit per Definition ausgeschlossen! Jenny wirkte eher wie eine durchgeknallte Verschwörungstheoretikerin, die an ein abgeschlossenes System im System glaubte. Solche Leute vermuteten hinter jeder Wand, die sie nicht durchblicken, Fädenzieher und geheime

Abmachungen. Vielleicht litt Jenny ja wirklich an einer Hirnerkrankung? Armes Ding.

Ein warmes Gefühl breitete sich in Golobinjeks Brust aus, als sie an die Reihe kam. Vor ihr standen zwei breite Bögen aus Edelstahl, die sich nach oben hin verjüngten und mit einer breiten Brücke verbunden waren. Ein leises Surren und das regelmäßige Aufblinken bunter Statusanzeigen zeugten von der Bereitschaft des Geräts. Freudig erregt trat Golobinjek hinein, ihr Nutzerprofil wurde automatisch erkannt und zugeordnet. Aus dem Augenwinkel sah sie zwei ansteigende, leuchtend blaue Balken. Enorme Mengen an Energie wurden aufgebaut, erfassten jede Nervenzelle ihres Hirns, die umgebende Chemie, verwandelten sie in Bits und schickten den Daten-Stream zur Aktualisierung der Nachbildung an das Simulationsmodell. Nicht lange, dann hätte Golobinjek ihren neuen Decisiontable. Und ihr Leben wäre wieder in Ordnung.

11:48 Uhr. Mein aktualisierter Decisiontable steht mir zur Verfügung. Ich überfliege ihn und checke meinen neuen, restlichen Tag.

11:49 Uhr. Der Vorstand meldet sich mit einer Nachricht bei mir, er will die fehlerhaften Produktberichte und den Vorfall mit Jenny besprechen. Wir vereinbaren einen Termin für den späten Nachmittag. Ich bleibe ruhig und sammle Zahlen für meine Argumentation. Ich glaube nicht an einen Fehler.

11:52 Uhr. Mein Kaffee ist kalt geworden, ich schütte den Rest weg und mache mir eine neue Tasse.

11:53 Uhr. Ein paar unbekannte Arbeitskollegen überrumpeln mich in der Kaffeeküche, sie kommen aus einem anderen Stockwerk. Sie wollen mit mir über Jenny reden und finden den Vorfall besorgniserregend. Ich stimme ihnen zu.

11:57 Uhr. Mein Tag ist völlig durcheinander, also sage ich das Mittagessen ab. Trotzdem habe ich Hunger.

12:04 Uhr. In wenigen Minuten wird das erste Wahlergebnis angekündigt. Ich bin von dem Tempo überrascht und rufe einen Video-Stream auf.

12:12 Uhr. Es kommt zu Verzögerungen in der Auswertung, was mich nicht gerade beruhigt. Ich nutze die Zeit und gehe auf die Toilette.

12:15 Uhr. Mein Spiegelbild sieht müde aus, dabei ist erst der halbe Tag um. Ich bin plötzlich müde, meine Sommersprossen wirken blass, die Lippen farblos. Heute ist nicht mein Tag.

12:16 Uhr. Ich will etwas anderes zu Abend essen. Statt hausgemachter Pizza bestelle ich mir etwas vom Lieferdienst, Tortelloni mit Trüffel und

Parmesan, dazu zwei Gläser Weißwein. Der Gedanke daran heitert mich etwas auf.

12:17 Uhr. Am Abend sollte ich noch mit Mutter reden, sie will bestimmt wissen, was heute alles vorgefallen ist. Danach gibt sie das Phone an meine Tochter weiter, wir plaudern belangloses Zeug miteinander. * Achtung: Unschärfe durch Minderjährige! *

12:19 Uhr. Der Tag ist jetzt schon anstrengend, nach dem Vormittag fallen mir fast die Augen zu. Ich fasse den Entschluss, am Abend früh ins Bett zu gehen. Und ich bin froh und dankbar, mit BRAIN/SCAN durch den Tag zu kommen.

BESSERE HÄLFTEN

JUDITH LEOPOLD

Da liege ich nun auf meiner Schnauze, das Kinn tut mir weh, blutet. Wäre mein Leben ein Cartoon, dann würden die Vöglein um meinen Kopf schwirren, abwechselnd mit kleinen Sternen. Was ist passiert, ich wollte nur ein bisschen Sport machen, so 20 Minuten langsames Laufen. Der Knöchel ist sicher gebrochen, oder das Band ist gerissen, ganz klar, dafür muss ich mich nicht mal mühsam aufsetzen und inspizieren. Diese verdammten Schmerzen sind eindeutig. Toll. Da stelle ich mich absichtlich auf ein Laufgerät in meinem kleinen, muffigen Kammerl, um im Wald nicht über eine Wurzel oder diese komischen Steine, die überall herumliegen, zu stolpern und Mücken beim Einatmen zu fressen... und dann passiert das.

Hier bei mir zu Hause. Ich überlege, ob ich von dem fiesen Pochen in Kinn und Knöchel eine Runde ohnmächtig werden soll, einfach in ein dunkles, weiches Nichts hinabgleiten. Doch da höre ich ein lautes Vibrieren. Ich greife über meinen Kopf, in die Richtung wo das Geräusch herkommt, erwische mein Handy. Reiche es meiner anderen Hand, ich setze mich auch jetzt nicht mühsam auf, solange ich das mit der Ohnmacht nicht geklärt habe. Ein bisschen verschwommen, weil ich keine Brille aufhabe, lese ich am Display: „Blöd geLAUFEN, haha!"

Zuerst verstehe ich das gar nicht, dann lasse ich das Telefon entsetzt fallen, die Panik krabbelt mir in den Nacken: „Hilfe, Hilfe, wer beobachtet mich hier?" Ich höre mich an wie ein kleines, komisches Mädchen, als ich den Satz laut wiederhole. Ein bisschen beleidigt bin ich, dass der Spechtler sich lieber über mich lustig macht, anstatt mir zu helfen. Die Ohnmacht scheint eine bessere Option zu sein, als hier zu warten, was passiert; ob ein fieser Kerl kommt, um mich zu überfallen oder die ganze Situation hoffentlich nur ein blöder Scherz irgendeines Witzboldes ist.

Dann, eine Stimme die sich seltsam nach einer Mischung jener meiner zwei Ex-Freunde anhört. Ich setze mich jetzt halb auf und verstehe gleich: Sie kommt aus meinem HANDY!
    Schockstarre. Zuhören. Luft anhalten.

Die Stimme sagt: „Blöd gelaufen, meine Liebe! Wie geht's dir so, nun, da ganz unten? Na?" Ich sage nichts. Fasse mir an den Kopf. Ich bin sicher, nur mein Kinn hat etwas abbekommen. Äußerlich zumindest. Denn irgendwoher muss der Gehirnschaden kommen. Die Stimme redet weiter, wird fordernd: „Naaa, jetzt sag doch endlich was!"

Sie geht mir auf die Nerven und ich denke, wenn ich im Koma liege, dann hört mir sowieso keiner bei meinen Selbstgesprächen zu. Wahrscheinlich ist mein Hirnschaden so gravierend, dass nur ein Lallen – wenn überhaupt – aus meinem Mund kommt. Also antworte ich, sage, wie *beschissen ich mich fühle, was mir alles weh tut, hier ein Ziehen da ein Brennen und und und.* Ich bin froh und gar nicht wählerisch, dass mir jemand jetzt zuhört, das reden tut gut. Ich setze zu weiteren, noch dramatischeren Ausführungen an, als ich plötzlich ein lautes: „Stopp" von meinem Handy höre. Und dann noch eines, wohl weil ich nicht sofort reagiere. „Na hör mal", sage ich, „unterbrechen ist aber nicht höflich! Also wirklich!"

Ich spitze meine Lippen schmollig. Das ist immerhin mein Gehirntrauma hier.

Bevor ich weiterreden könnte, spricht die Stimme. „Klappe! Jetzt aber still! DU fühlst dich arm, weil, ja wieso überhaupt?" Ich möchte höflich auf die Frage antworten und mich dann furchtbar aufpudeln, darum setze ich mich ganz auf. Doch das Telefon redet weiter: „Klappe, hab ich doch gesagt, weißt du denn gar nicht, wie schön dein Leben ist? Deiner Konto-App entnehme ich, dass du für deinen Job viel zu gut bezahlt wirst, immerhin hast du jeden Tag genügend Zeit für deinen Sport, Fernsehen, Freunde. Jede zweite Woche meldet sich Pepe und flüstert dir schöne Dinge ins Ohr, wenn du am Abend im Bett liegst. Und ich kann nur zuhören. Immer höre ich nur zu. Nie bin ich bei irgendwas dabei. Und wenn du schläfst, dann schüttelts mich während der ganzen Nacht bei jeder SMS, jeder Push-Nachricht oder blöden E-Mail eines Newsletters, der viel zu teure Produkte beinhaltet. Diese Gesichtscreme zum Beispiel, die du immer noch für viel zu viel Geld im Angebot kaufst. Die STINKT mir mein Display voll, wenn du mich an deine Wange presst und fühlt sich gar nicht angenehm an."

Das Handy redet immer weiter und weiter und blablabla. Davon, wie gut es mir geht und wie schlecht ihm. Was es nicht alles sieht, das ich in meinem Leben falsch mache, zu teuer kaufe, nicht richtig einschätze. Also schnapp ich es an einer Ecke mit zwei gespreizten Fingern und halte es hoch und schau ihm direkt in die Kamera. Der berühmte Löwenblick. Es wird still. Nun frage ich es laut, während ich denke, dass mich die Antwort nicht besonders interessiert: „Ja und was möchtest du von mir?" Es fängt sachte an zu vibrieren: „Ich dachte schon, du fragst mich nie! Nur ein paar kleine Dinge, bitte sehr. Einen Power-Akku, ein neues Display und eine von diesen schicken, starken Lederhüllen, die so schnittig aussehen. Ach, und die Zeit von Mitternacht bis 7 will ich auch schlafen, so wie du, schalte mich also bitte aus."

Ich überlege: „Was ist, wenn mich jemand dringend erreichen will, Pepe vielleicht?" Da wird es rot und meint: „Bitte sucht euch für diese Gespräche ein anderes Handy. Ich bin ein anständiges Business-Smartphone… nicht so ein kleines Wertkartenhandy… Okay, die Anrufe meinetwegen, aber der Rest muss aus sein in der Nacht. Keine Mails, keine Freundschaftsanfragen, keine Pin-Notifikationen zu nachtschlafender Stunde, ist das klar?"

Wir reden noch eine Weile über die Bedingungen und Regeln unseres Zusammenlebens, sind uns im Ganzen schnell einig. Dann schmerzt der Knöchel sehr, er ist angeschwollen. Ich stöhne nun zuerst vor Weh. Muss ein paar Mal tief ein- und ausatmen. Das Handy wird rot und stammelt: „Es tut mir also echt leid. Wenn ich gewusst hätte, dass du dich derart verletzt … immerhin will ich ja nicht mit dir ins Krankenhaus zu diesen ekligen Super-Keimen … dann hätte ich mich nicht in den Hometrainer gehackt um ihn abrupt stehen bleiben zu lassen… Ups!" Und mehr ist nicht mehr zu hören von dem Handy, außer das Zerschellen seines Displays am Steinboden.
Knacks, Krach, Knacks. Wumm Wumm.

Ein paar Scherben liegen am Boden, es ist still. Herrlich.

Nein, etwas ist nicht gut. Panik. Was ist mit all meinen Kontakten, Passwörtern, Rabattcodes für meine sündteure Lieblingscreme? Den tausenden Fotos, kleinen Notizen und Mails? Immer mehr von dem fällt mir ein, das nun weg ist. Das Handy, es hat alles und ich habe nichts mehr. Das war sicher der Plan. So ein selbstsüchtiges Stück Technik!
Als mich nach 12 Stunden meine Mitbewohnerin findet – sie ist drei Tage zu früh aus dem Urlaub heimgekommen, warum, das habe ich mir nicht gemerkt – muss ich lange überlegen, wer ich noch bin.

DER SCHLECHTESTE FALL

ANNA NOAH

„Frau Sommer, bitte begeben Sie sich in Kabine sechs!", ertönte es aus einem unsichtbaren Lautsprecher über Laura. Sie zuckte leicht zusammen und stand dann auf, um an den anderen Wartenden vorbeizugehen und in den Gang neben dem Wartezimmer einzubiegen. Direkt vor ihr lagen Kabine 20 und 19, sie folgte den Nummern abwärts bis zur sechs. Laura atmete noch einmal tief durch und trat zögernd ein. Die Tür verriegelte sich automatisch und sie befand sich in einer kleinen, spärlich beleuchteten Umkleidekabine. Sogleich ertönte eine monotone PC-generierte Stimme und gab klare Anweisungen: „Bitte ziehen Sie zur Desinfektion alle Kleidungsstücke bis auf die Unterwäsche aus und stellen Sie sich auf die markierten Bodenflächen."

Laura wusste plötzlich nicht mehr, ob es so eine gute Idee gewesen war, nach dem kostenlosen Beratungsgespräch erneut hierherzukommen, aber sie konnte jetzt nicht mehr zurück.

Ein paar Minuten später stand sie auf den angedeuteten Fußprints, es öffnete sich eine Düse an der Decke und feiner Sprühnebel hüllte sie ein. Danach sprang die zweite Tür auf. Sie nahm den bereitgelegten Bademantel aus einem Fach, schlüpfte hinein und trat hustend in den sehr hellen Raum. Die Wände – kombiniert mit weißen Möbeln und einem blitzblanken Boden – blendeten sie.

„Frau Sommer!", ein Mann in beigefarbener, steriler Kleidung sprang von seinem Tisch auf und kam lächelnd auf sie zu. „Ich bin Dr. Martens, freut mich, dass Sie den Weg zu uns gefunden haben. Nehmen Sie bitte Platz."

„Danke", krächzte Laura.

Dr. Martens setzte sich gegenüber und drehte ihr einen seiner Bildschirme zu.

„Wollen wir doch mal sehen." Er klickte herum. „Ah, Sie hatten Ihre Erstberatung bei Frau Wollrab. Sehr gut, die ist äußerst kompetent."

Diesen Eindruck teilte Laura, sonst wäre sie wohl heute nicht hier gelandet. Ein kleiner Restzweifel blieb ihr jedoch. „Funktioniert das alles wirklich bei jedem?"

„Aber todsicher, Frau Sommer. Ein weniger bedeutender aber für unsere Zwecke wichtiger Teil ihres genetischen Codes ist im Vorfeld bereits ausgewertet worden und unsere Datenbank hat exakt ermittelt, welches Muster ein potentieller Partner haben muss, damit Ihre Beziehung so wird, wie Sie es sich erträumen. Und hier haben wir ihn, den QR-Code Ihres zukünftigen Ehemannes." Hinter ihm gab ein altmodischer Drucker ein ratterndes Geräusch von sich und wenig später hielt Dr. Martens eine DIN-A4-Seite hoch, auf der zentriert ein übergroßes, schwarzes Viereck mit Aussparungen abgebildet war. „Nun müssen wir die Daten nur noch in unsere weltweite Datenbank einspeisen und so ein adäquates Männer-Exemplar finden. Das können wir aber nur mit Ihrer Auftragserteilung."

Dr. Martens schien irritiert, dass sie gar nichts erwiderte. „Frau Sommer, ist alles okay bei Ihnen?"

Laura entschied sich für Ehrlichkeit. „Ja, ich wundere mich nur, dass ich desinfiziert wurde."

„Ach so, das ist eine reine Sicherheitsmaßnahme. Schließlich ist das eine Genklinik, da muss alles steril sein."

„Außer das Wartezimmer." Laura lächelte.

Dr. Martens nickte.

„Was machen Sie jetzt mit dem Code?"

„Nun, wenn Sie uns den Auftrag erteilen, prüfen wir erst mal unsere eigenen Single-Datenbanken, ob es bereits eine Person gibt, auf die er passt. Männlich wie weiblich."

„Aber –"

„Keine Sorge, Frau Sommer, Sie haben heterosexuell angegeben und das werden wir berücksichtigen. Es kann allerdings manchmal sein, dass der auf Sie abgestimmte Code nur auf eine Frau passt. In dem Falle sagen wir unseren Kunden immer, sie sollen sich fragen, ob sie derlei wirklich gänzlich ausschließen. Es ist zudem auch eine Geldfrage. Wenn die Person schon existiert, ist unsere Dienstleistung billiger, weil es dann keine weiteren Maßnahmen geben wird."

Laura schluckte. „Und was ist, wenn sie nicht existiert?"

Dr. Martens schaute sie an. „Dann suchen wir nach einem 60- oder 70-Prozent-Match. Dort können wir mit der Zustimmung des Probanden den genetischen Code in beide Richtungen verändern. Also Sie kommen dem Partner entgegen und er Ihnen." Er hob beschwichtigend die Hände, bevor sie etwas entgegnen konnte.

„Und – um Ihre letzte Frage vorweg zu nehmen, wenn gar nichts passt, dann können wir Ihnen anbieten, das Produkt selbst herzustellen. Das wäre allerdings die teuerste Variante."

Laura rutschte auf ihrem Stuhl herum. Sie wollte etwas ganz anderes fragen, nämlich ob man tatsächlich ihren eigenen Genpool verändern können würde. Diese Vorstellung missfiel ihr und war auch beim Erstgespräch nie erwähnt worden.

Eine Assistentin mit rötlich sterilen Hosen und ebensolchem Shirt kam mit einem Tablett herein. „Möchten Sie einen Cappuccino?"

„Ja, danke."

Die Frau stellte klirrend zwei Tassen auf den Tisch.

„Sie sind jetzt 25 Jahre alt", stellte Martens währenddessen fest.

„Ja."

„Studieren Sie?"

„Nein. Da könnte ich mir wohl nur mit einer Erbschaft einen QR-Code-Partner leisten. Sagen Sie mir doch bitte, was die jeweiligen Varianten kosten. Frau Wollrab sprach von 5 bis 10.000 Euro." Laura bändigte eine widerspenstige blonde Locke, bevor sie einen vorsichtigen Schluck Cappuccino nahm.

Martens tippte wild auf seiner Tastatur, die sie nicht sehen konnte, herum.

„Also, falls das Match positiv ausfällt und es einen Partner für Sie in unserer Datenbank gibt, dann berechnen wir die Vermittlung mit 5000 Euro."

„Das ist ja fast wie die altertümliche Heiratsvermittlung, von der meine Oma immer erzählt hat – da waren es 3000 Euro."

„Im Grunde ist es nichts anderes, nur mit neueren biologisch-technischen Erkenntnissen."

„Aber Oma hat ihren Partner damals dann gar nicht über ihre Agentur kennengelernt."

Dr. Martens legte die Stirn in Falten. „Diese Garantie haben Sie bei uns immerhin. Jeder hat hier sein Match gefunden, so oder so. Sie haben doch sicher die Zeitung im Wartezimmer gesehen? Da stehen die Erfolgsgeschichten drin."

„Noch nicht, werde nachher mal hineinschauen. Was kostet denn das 60-Prozent-Match?"

Wieder tippte Martens auf seiner Tastatur. „Bei 60 Prozent Übereinstimmung und nötiger Modifikation berechnen wir 10 bis 15.000 Euro. Je nachdem, wie viel verändert werden muss."

Lauras absolute Obergrenze lag bei 20.000. Das konnte sie wahrscheinlich vergessen, falls der schlechteste Fall eintreten sollte.

Als hätte der Doktor ihre Gedanken erraten, sprach er weiter: „Wenn wir den entsprechenden Partner erst herstellen müssen, kostet das 50 bis 80.000 Euro. Eigentlich ein Schnäppchen für einen Traumpartner." Martens zwinkerte ihr zu.

„Keine Sorge, Frau Sommer, der letzte Fall ist bisher bei ungefähr 10.000 Klienten erst zweimal eingetreten. Die DNA ist biologisch so vielfältig, dass es für jeden Topf mindestens einen Deckel gibt, manchmal sogar mehrere."

„Das heißt, manche können sich auch noch unter einer Vielzahl einen aussuchen?" Ungläubig schaute Laura Martens an.

„Das gab es bisher tatsächlich auch schon einmal."

„Wow."

„Sie können jetzt gern noch eine Weile im Wellness-Bereich entspannen und überlegen, ob unser Angebot wirklich für Sie in Frage kommt, einschließlich aller Konsequenzen." Er klickte wieder einen Button auf dem Bildschirm, den Laura sehen konnte. Eine Kamera gab den Blick ins Vorzimmer frei. Martens sprach in einen kleinen schwarzen Knopf an seinem Anzug. „Cindy?"

Die Frau im Screen blickte hoch. „Ja, Herr Martens?"

„Begleiten Sie bitte Frau Sommer ins Spa."

Laura erhob sich, bevor die Frau in Rot erneut eintrat. „Auf Wiedersehen, Dr. Martens."

„Bis bald, Frau Sommer. Und toi toi toi." Sein Lächeln wirkte angespannt.

Laura überlegte, ob es wohl an ihr lag.

Jahre später flatterte er endlich aus Lauras Postkasten – der langersehnte Brief von GeneticCare. Ihr wurde schwindelig und sie schaffte es gerade so bis zu dieser Bank vorm Haus, deren Giftgrün sie eigentlich abstieß, weil es nicht in die Umgebung passte. Ihr Herz klopfte laut. Sie setzte sich und kramte aufgeregt nach ihrer Lesebrille. Lange starrte sie auf das Bild, welches sie dem Umschlag entnahm.

Es zeigte einen jungen Mann um die zwanzig. Ihr perfektes Match. Das war er also, der Herr, auf den sie ihr ganzes Leben gewartet hatte. Braune Haare, eher dunkler Teint und leuchtende, grüne Augen. Ein warmes, einladendes Grün. Auf der Rückseite stand ein QR-Code. Eine Träne lief ihre Wange hinunter, während Sie ihn mit ihrer Armbanduhr scannte.

Hallo Laura, ich heiße Nico und bin dein perfektes Match, wann können wir uns treffen? Dr. Vildin ist unser Vermittler, er hat die Nachfolge von Dr. Martens angetreten.

Laura versuchte, sich an das angespannte Gesicht zu erinnern, als sie das blendende Zimmer damals verlassen hatte. Ihr Kurzzeitgedächtnis vergaß in letzter Zeit vieles. Wie sie über die Jahre in Erfahrung bringen konnte, hatte Dr. Martens höchstwahrscheinlich bereits vorher gewusst, dass es keine passenden Matches in der QR-Datenbank gab, wahrscheinlich sogar nie geben würde. Seine Version der Geschichte war damals ein bedauerlicher Hacker-Angriff auf die Klinik-Software gewesen. Die Eindringlinge hätten alle möglichen Codes zerstört, sodass es Jahre dauern würde, diese wiederherzustellen.

Natürlich war Laura nicht versichert gewesen, und Martens hatte ihr dann aus Kulanz vorgeschlagen, einen Rabatt von 50% einzuräumen, falls sie sich ein genetisches Match herstellen ließe, was nun schneller gehen würde, als die Datenwiederherstellung. Hätte sie bloß von Anfang an auf ihre innere Stimme gehört! Ach, es lohnte jetzt nicht mehr, sich darüber Gedanken zu machen. Es war alles so lang her.

Sie blieb erneut an den grünen Augen auf dem Foto hängen, zeichnete Nicos Wange mit ihrem Finger nach. Er wäre genau ihr Typ gewesen.

„Frau Sommer, dachte ich mir doch, dass ich Sie hier finde! Es gibt bald Abendessen." Schwester Angelikas schrille Stimme riss sie aus ihren Gedanken. Laura schaute sie irritiert an. „Oh, Sie hätten doch einen Hilfsroboter schicken können, um mich einzusammeln, sonst regt sich Grete wieder auf, dass ich mehr menschlichen Kontakt habe, während sie immer mit der Technik vorliebnehmen muss."

„Machen Sie sich keine Gedanken, Frau Sommer." Angelika zeigte neugierig auf das Bild. „Ist das Ihr Enkelsohn? Ein hübscher Kerl! Er sollte Sie mal hier besuchen."

Laura nickte, steckte das Bild schnell in ihre Jackettasche und erhob sich mit wackeligen Beinen von der Bank.

Was ihr dieser Dr. Martens auch verschwiegen hatte, war, dass ihr genetisches Match erst im Reagenzglas hatte generiert und danach noch geboren und aufgezogen werden musste. Sie schüttelte betrübt den Kopf, als sie sich bei Schwester Angelika einhakte und langsam mit ihr ins Seniorenstift ging.

SCHWESTERN

REGINE ZAWODSKY

Ich habe meine Zwillingsschwester immer gehasst.

Maria war älter als ich, größer als ich, hübscher als ich und sie hat sich immer genommen, wovon sie glaubte, dass es ihr, als der Älteren von uns beiden, zusteht. Andererseits hat sie auf mich aufgepasst, hat mich vor bösen Buben und steilen Abhängen beschützt. Das war ihre Pflicht, auch wenn sie nur um eine halbe Stunde älter war als ich.

Maria war schon als Vierjährige sehr aufgeweckt und quirlig. Sie hatte lange schwarze Haare und meine Mutter nannte sie immer Schneewittchen, obwohl sie nicht deren Sanftmut hatte. Ich war dagegen schon damals die Friedfertige, die Nachgiebige, das Aschenputtel, das immer im Schatten der großen Schwester stand.

Als wir vier waren, nahm sie mir das Sandspielzeug weg, mit fünf den Roller nachdem sie ihren ruiniert hatte, und mit zwölf klaute sie mir meine Hefte mit den Aufsätzen und zeigte sie der Lehrerin als ihre eigenen. Ich musste damals zwei Nachmittage nachsitzen um die fehlenden Aufgaben nachzuholen.

Ich war immer loyal ihr gegenüber, ich habe sie nie verraten, denn Zwillinge gehören zusammen: *wir gegen den Rest der Welt.*

Mit vierzehn war ich das erste Mal unsterblich in einen Buben aus unserer Klasse verliebt. Er war neu bei uns, da seine Eltern aus beruflichen Gründen hierher übersiedelt waren. Ich schlich um ihn herum und traute mich nicht, ihn anzusprechen. Nach vierzehn Tagen gestand ich meiner Schwester schluchzend, dass ich mich verliebt hatte, aber sie meinte sofort: „Pass auf, der ist nichts für Dich, der ist hochnäsig und er wird Dich nur unglücklich machen". Zwei Tage später saß sie in der Klasse plötzlich neben ihm, denn sie hatte der Lehrerin klar gemacht, dass sich jemand um den Neuen kümmern müsse. Ab diesem Tag gingen die beiden miteinander. Sie lud ihn des öfteren zu uns nach Hause ein, damit wir mit ihm lernen könnten, um die Unterschiede der Lehrpläne auszugleichen. In Wirklichkeit knutschten sie meist recht heftig miteinander statt zu lernen und warfen mich raus. So saß ich dann oft weinend in meinem eigenen Zimmer während sie viel Spaß hatten.

Sie hatte ihn mir weggenommen.

Diese Freundschaft hielt nicht sehr lange. Es folgten weitere Freunde, die sie mir auch ausspannte, um mich vor den „bösen Männern" zu bewahren, wie sie sagte.

Fast hätte ich mich schon damit abgefunden, als alte Jungfer zu enden, als ich Hans kennenlernte. Wir studierten gemeinsam Kunstgeschichte und wir liebten einander vom ersten Augenblick an. Es war das erste Mal, dass Maria kein Interesse an einem Mann zeigte, den ich wollte. Hans war ihr zu langweilig, zu leise, zu sensibel.

Maria war zu jener Zeit mit einem schrägen Gitarristen zusammen und schlug sich meist die Nächte um die Ohren, wenn er mit seiner Band in einer Spelunke auftrat. Sie sah noch immer aus wie Schneewittchen, sie war schöner denn je, aber sie hatte eher den Charakter der bösen Stiefmutter. Auch diese Beziehung meiner Schwester war nicht von langer Dauer. Sie trennte sich in einem lautem Drama von ihm und es war das einzige Mal, dass meine Schwester einen ganzen Tag lang weinte.

Sie trauerte nicht um den Gitarristen, sondern eher um das Publikum, das ihr so sehr fehlte, um sich selbst in Szene zu setzen.

Als sie dann hörte, dass Hans zu mir ziehen wollte, machte sie ihm schöne Augen, verführte ihn und überzeugte ihn davon, dass er bei ihr ein spannenderes Leben haben würde. „Was willst Du mit der grauen Maus", hörte ich sie sagen. Hans ließ sich schnell überzeugen und zog bei Maria ein. Es war die ganz große, fast schon eine manische Liebe zwischen den beiden. Hans lernte das laute, bunte Leben kennen, schmiss sein Studium hin und zog mit ihr durch alle Bars und Lokale der Stadt, bis zu jenem Tag, an dem er einen Zusammenbruch erlitt.

Hans war Diabetiker, aber er hat diese Krankheit nie zur Schau gestellt. Er spritzte sich sein Insulin immer zur gleichen Zeit, maß seinen Zuckerspiegel sorgfältig und passte beim Essen auf. Er hatte es wohl übertrieben mit den Bars, mit zu wenigem Essen und zu viel Alkohol. Hans musste eine Woche im Krankenhaus verbringen, eine Woche, in der er

Zeit hatte, über die Warnungen der Ärzte nachzudenken, in der er Zeit hatte, das kurze, farbenfrohe, intensive Leben mit Maria zu überdenken. Es war voller Leidenschaft, aber es hatte ihn an die Grenzen gebracht, an die Grenzen seiner Gesundheit und fast sogar seines Lebens.

Maria besuchte Hans im Krankenhaus, aber sie hatte äußerst wenig Zeit, da ein Biker mit einer funkelnagelneuen Yamaha in ihr Leben getreten war. Dieser Mann würde das Leben, das sie so liebte, aushalten und nicht zusammenbrechen, wie Hans. Sie war sich noch nicht ganz sicher, wie sie es anfangen würde, ihm die Botschaft mitzuteilen, dass sie dabei war, ihn zu verlassen, als Hans ganz schüchtern davon anfing, dass er sich wohl doch übernommen habe und dass er sich überlege, zu mir zurückzukehren. Maria war überglücklich über diese Wendung, spielte die Verständnisvolle und bot ihm an, mit mir zu reden. Eigentlich war sie sauer auf Hans, niemand verließ Maria, es war immer sie, die die Männer verlassen hatte.

Sie kam tränenüberströmt zu mir und erzählte, dass Hans sich für mich entschieden hätte und dass sie ihn schweren Herzens frei geben würde, aus Liebe zu mir, ihrer kleinen Schwester. „Gegen so eine Liebe wie die Eure kann ich nichts ausrichten, ich gebe ihn frei, er gehört zu Dir, er gehört Dir."

Hans wurde aus dem Krankenhaus entlassen und erholte sich langsam. Wir knüpften an unser altes Leben an und ich half ihm, sein Studium wieder aufzunehmen. Er hatte ein Semester verloren, vielleicht auch zwei, aber was ist das schon gegen ein ganzes langes, wunderbares Leben. Wir besuchten viele Ausstellungen moderner Kunst und stellten das Lernen ein wenig zurück. Wir mussten ja nicht in Rekordzeit unseren Abschluss schaffen.

Meine Schwester war inzwischen mit ihrem Biker durchgebrannt und ich hatte schon über ein Jahr lang nichts von ihr gehört. Es war gut so wie es war.

Hans und ich, wir hatten beschlossen, im Frühling zu heiraten und wir hatten bereits mit der Planung unserer Hochzeit begonnen. Wir hatten noch neun Wochen Zeit bis zu dem geplanten Termin. Es sollte eine Hochzeit im engsten Kreis werden, mit nur vier Freunden. Unsere Eltern waren bereits verstorben und meine Schwester Maria schien endgültig verschwunden. Das Aufgebot war bestellt, das Restaurant ausgesucht und es schien alles perfekt, als Hans am Abend über Schwindel klagte. Zur Sicherheit brachte ich ihn am nächsten Morgen ins Spital, denn ich wollte ja unsere Hochzeit nicht gefährden. Die Ärzte stellten fest, dass sein Blutzuckerspiegel etwas außer Tritt geraten sei, dass sein Diabetes doch ein wenig genauer überwacht und sein Blutzucker genauer kontrolliert werden mussten. Hans war gar nicht glücklich über diese Entwicklung, da er doch immer sehr sorgfältig auf seine Werte geachtet hatte. Er fürchtete, unsere Hochzeit müsse verschoben werden, als der Oberarzt Dr. Mrkvička hereinkam und ihm eine gute Nachricht überbrachte. Er erzählte ihm von einer ganz neuen, verbesserten Insulinpumpe mit Sensoren für den Insulinspiegel und den Zucker, mit zwei Reservoirs, mit einem für das langsam wirkende und mit einem für das schnell wirkende Insulin. Die Pumpe mit den beiden Reservoirs sei voll implantierbar und könne von außen induktiv programmiert werden, wie es schon bei vielen Herzschrittmachern üblich sei.

„Ich garantiere Ihnen, sie werden auf ihrer Hochzeit Walzer Tanzen und sogar ein großes Stück von der Hochzeitstorte essen können", meinte Dr. Mrkvička euphorisch. „Kommen Sie nächsten Montag um 8 Uhr nüchtern zu uns, dann können wir die Operation vornehmen. Bis dahin haben wir auch die Pumpe und die dazu gehörige Steuerung bekommen. Schwester Monika bestellt das Gerät heute noch."

Hans wurde entlassen und wir verbrachten einige ruhige Tage in Erwartung der neuen Apparate. „Es ist schon toll, was die Medizin heute schon alles kann", sagte er ehrfürchtig. Sein Vater war Elektrotechniker gewesen und Hans hatte schon immer große Bewunderung für all die technischen Sachen, die ihm sein Vater gezeigt hatte, obwohl Hans absolut nichts davon verstand. Aber er glaubte an die Technik, an die Medizin, an den Fortschritt.

Montag früh brachte ich Hans ins Spital und gab ihm noch einen Kuss auf die Stirn als plötzlich meine Schwester hinter mir stand. Ein Schreck durchfuhr meinen Körper. „Wo, wo ... wo kommst Du her?", stammelte ich. „Ich lasse meine kleine Schwester in dieser schweren Zeit doch nicht alleine. Hast Du eigentlich schon ein Brautkleid?" Sie zerrte mich aus dem Krankenzimmer raus, ohne dass ich mich richtig von Hans verabschieden konnte. Eine halbe Stunde später waren wir bereits im besten Brautmodengeschäft der Stadt. Eigentlich wollte ich ein einfaches hellblaues Seidenkleid haben, kein Tüllkleid mit Spitze.

Ich wusste selbst nicht, wieso ich mich so überrumpeln lassen konnte. „Du brauchst unbedingt einen großen Schleier, dass man Deine kurzen aschblonden Haare nicht so sieht". Sie wusste schon immer, wie sie mich subtil beleidigen konnte. Wir einigten uns auf ein Kleid, das mir überhaupt nicht gefiel, aber ich hatte eigentlich auch nicht die Absicht, es zu kaufen. Mit einigen Tricks gelang es mir, sie davon zu überzeugen, dass ich nicht genügend Geld bei mir hatte und ich bat die Verkäuferin, mir das Kleid für zwei Tage zu reservieren. Irgendwie musste ich aus diesem Schlamassel wieder raus kommen. Ich war sicher, ich würde dieses Kleid nicht zu meiner Hochzeit tragen und ich würde meine Schwester wieder ausladen.

Am nächsten Tag war ich schon in der Früh bei Hans im Spital. Die Operation war gut verlaufen und Hans war traurig, dass ich nicht an seinem Bett gewartet hatte, bis er aufgewacht war. „Ich wollte Dich nicht stören, du brauchst doch Ruhe", log ich. Ich vermied es, ihm von der Einkaufstour mit meiner Schwester zu berichten.

Hans erholte sich erstaunlich schnell. Jeden Tag wurde seine Insulinpumpe ein wenig genauer programmiert, etwas besser an seine Bedürfnisse angepasst. Das Programmiergerät musste er nur auf seinen Bauch legen und das eigentliche Programmieren erfolgte dann über eine Funkfernsteuerung aus mehreren Metern Entfernung. Nach drei Tagen war Hans schon im Stande, die drei Stockwerke des Spitals mühelos hinaufzusteigen, ohne dass ihm die Luft ausging, ohne dass im schwindelig wurde. Ein Wunder der Technik.

Dr. Mrkvička wollte noch mit uns gemeinsam sprechen und erzählte uns noch einmal von den Vorzügen dieser neuen Methode. „Morgen Vormittag kommen sie bitte beide noch einmal zu mir ins Arztzimmer und ich zeige Ihnen, wie wir das Gerät auch über WLAN fernsteuern können. Sie müssen sich mit dem Steuergerät nur in ein offenes WLAN einbuchen und ich kann dann auch von meiner Praxis aus die Werte abfragen und die Dosierung des Insulins anpassen. Ich wünsche Ihnen eine wunderschöne Hochzeitsreise, nur sollten Sie vielleicht nicht gerade in die Wüste fahren."

Walzer tanzen, Hochzeitstorte essen, nie wieder zu viel oder zu wenig Zucker im Blut, es klang wie ein Traum, der nun wahr werden sollte.
Am nächsten Morgen war ich schon eine Stunde zu früh im Spital und stürmte ganz aufgeregt in Dr. Mrkvička Arztzimmer. Dieser versuchte

mich zu beruhigen. „Sie können Ihren Verlobten eh gleich mitnehmen, ich zeige Ihnen nur noch, wie das Einstellen über WLAN funktioniert." Wir gingen über den Gang zum Krankenzimmer von Hans. Ich war überzeugt davon, dass er schon auf seinem Bett sitzen und auf uns warten würde. Aber Hans schlief tief und fest. Als er sich nicht rührte und sich nicht ansprechen ließ, rüttelte ihn Dr. Mrkvička und stellte fest, dass er wohl an Unterzuckerung leide, was aber angesichts des neuen Gerätes gar nicht möglich sei. Hans lag regungslos auf dem Rücken, das Steuergerät auf seinem Bauch. Da er ja bereits entlassen werden sollte, war er auch an keinen Überwachungsmonitor mehr angeschlossen, und so hatte niemand bemerkt, dass er nicht nur schlief, sondern bereits im Koma lag. Hans wurde in aller Eile in einen Behandlungsraum transportiert, der mit aller Technik ausgestattet war. Er atmete flach, der Puls war niedrig und Schweiß stand auf seiner Stirn. Er bekam sofort eine Infusion angehängt, die ihn mit dem notwendigen Zucker versorgte.

Eine Blutprobe bestätigte den Verdacht, dass er extrem unterzuckert war.

Eine Kommission von Ärzten und Technikern wurde eilends herbeigerufen um den Vorfall zu untersuchen. Die neue Insulinpumpe hatte noch bei keinem Patienten versagt. Sollte dies der Fall sein, so müsse sie sofort vom Markt genommen werden um nicht weitere Patienten zu gefährden.

Dr. Mrkvička kontrollierte die Insulinpumpe und stellte fest, dass seit der Implantierung bereits viel zu viel Insulin verbraucht worden sei. Es war ihm unerklärlich. Er fragte mich, ob ich ihm das Programmiergerät auf den Bauch gelegt habe. „Nein!"

Er konnte mir nur noch die traurige Tatsache mitteilen, dass Hans im Koma läge. „Das Gehirn Ihres Verlobten ist leider durch die Überdosierung irreparabel geschädigt. Er wird wohl für lange Zeit ein Pflegefall bleiben. Es tut mir leid."

Wie der Phoenix aus der Asche stand meine Schwester plötzlich mitten im Zimmer.

„Wo ist Dein Biker?", stotterte ich. „Ach, der ist längst Geschichte, ich bin jetzt mit einem IT-ler zusammen, mit einem richtigen Hacker, der kann wunderbare Sachen programmieren, der kann sich in jedes Netzwerk einbuchen."

Sie blickte mitleidsvoll auf Hans und mit gespieltem Bedauern sagte sie zu mir: „Er gehört Dir, bis dass der Tod Euch scheidet."

BITTE AKTUALISIEREN

BARBARA WIMMER

Was für ein Scheiß-Tag. Es war schon schlimm genug, dass Marianne in der Früh keinen Kaffee gehabt hatte, bevor sie mit der Metro in die Arbeit gefahren war. Die Kaffeemaschine hatte ausgerechnet dann eine neue Firmware installieren müssen, als sie ihr schwarzes Gold per App runterlassen wollte. Händisch war die Maschine nicht mehr zu bedienen. 30 Minuten hatte sie gewartet, dann war sie aufgebrochen. Ohne ihr Lebenselixier, das täglich dafür sorgte, dass sie in die Gänge kam.

Jetzt stand sie am Fuße des Tour CB21 im Hochhausviertel La Défense in Paris. Der Wolkenkratzer hatte 44 Stockwerke und sie arbeitete in der 26. Etage. Von dort blickte sie in ihren Pausen oft genug verträumt aus den verglasten Fenstern auf Paris herab. Regelmäßig beobachtete sie einen älteren Herrn, der mit seiner französischen Bulldogge täglich zur Mittagszeit spazieren ging. Gerade als sie ihre Zutrittskarte aus ihrer Handtasche zog, sah sie plötzlich die Schnauze des Hundes vor sich. Er hechelte und war geschmückt mit langen, schleimigen Fäden, die ihm rechts und links vom Gesicht runterhingen. Der ältere Herr wischte sie ihm routinemäßig mit einem Taschentuch ab, als sie gemeinsam schweigend das Gebäude betraten.

Vor dem Lift standen dutzende Menschen brav in einer Schlange aufgereiht herum. Sie schienen zu warten. Marianne blickte den Mann mit der Bulldogge fragend an, doch er zuckte nur mit seinen Schultern. Der Hund schnüffelte an ihren Schuhen. Als sie sich dem Aufzug näherten, hörten sie ein Gespräch von zwei Wartenden mit.

„Der Aufzug macht gerade ein Virus-Update? Seit wann kann denn ein Lift krank werden?"

Marianne musste unwillkürlich laut lachen, auch wenn sie den Scherz nicht wirklich komisch fand. Auch der ältere Herr neben ihr schmunzelte, die Bulldogge grunzte.

„Ich verstehe nicht, wieso man selbst einen Aufzug mit dem Internet verbinden muss. Was bringt das für einen Mehrwert?"

„Na, das ist doch ganz logisch: So erkennt man einfacher, wenn etwas gewartet werden muss, ein Seil locker ist, oder eine Tür klemmt.

Dann kann der Aufzug von alleine Alarm schlagen, und es kommt schneller wer vorbei, der ihn repariert."

„Ja, aber, … wir warten jetzt schon 30 Minuten und es ist noch immer kein Mechaniker da."

„Brauchen wir auch gerade keinen. Das Update läuft schließlich von alleine."

„Und wann ist es endlich fertig? Das ist ja wohl ein schlechter Scherz. Was das jetzt die Unternehmen an Arbeitszeit kostet!"

„Das hätte man in der Tat einberechnen müssen… Ich bin mir sicher, dass das nicht entsprechend kalkuliert wurde."

„Sag ich ja: Es ist völlig unnötig, einen Aufzug mit dem Internet zu verbinden."

„Das müsste man berechnen…"

Marianne und die Bulldogge grunzten, der ältere Herr lächelte.

„Meine Kaffeemaschine hat heute Morgen auch 30 Minuten für das Update gebraucht", sagte Marianne und brach damit das Schweigen.

„Das soll heutzutage vorkommen. Aber David und ich, wir sind jetzt ganz tapfer und gehen zu Fuß hinauf!"

„In welchem Stockwerk arbeiten Sie denn?"

„Im 5."

„Ach, das geht. Ich muss leider warten. 26 Etagen schaffe ich nicht zu Fuß. Die Kondition habe ich nicht!"

„Dann drücke ich Ihnen die Daumen, dass die Störung bald behoben ist!"

Marianne sah dem Mann mit seiner Bulldogge noch eine Weile hinterher. Seinen schlurfenden Gang hatte sie bisher noch nie bemerkt. Wie sehr sehnte sie sich nach einem Kaffee!

Plötzlich machte es „Ping!" und der Aufzug war fertig mit seinem Virus-Update. Die Tür ging auf und es drängten sich die ersten 20 Leute in die Kabine hinein. Marianne schaffte es erst bei der dritten Fahrt, einen Platz im Liftkorb zu ergattern, der an die Grenzen seiner Zulassung stieß, weil er so vollgestopft war. Marianne spürte den Aktenkoffer eines Geschäftsmannes an ihrem Hintern, vor ihrem Gesicht türmte sich ein unrasierter Kerl, der heute Morgen offenbar kein Deo verwendet hatte, auf. Sie wünschte, es wäre genug Platz, um sich wegzudrehen. 15 Minuten später, der Lift blieb in nahezu jedem Stockwerk stehen, war Marianne endlich im Büro angekommen. Viele waren noch nicht da, offenbar hatte der Aufzug nicht nur ihr einen Strich durch die Rechnung gemacht.

Nachdem Marianne ihren Rechner eingeschaltet hatte, ging sie in die Gemeinschaftsküche, um sich ein Sodawasser aus der Maschine zu sprudeln. Sie mochte kein stilles Wasser und nach der langen Warterei hatte sie Durst. Doch als sie auf den Knopf drückte, blinkte der Bildschirm auf und es stand drauf: „Bitte warten. Soda Maschine aktualisiert." Das kann jetzt nicht wahr sein, dachte Marianne. War heute Tag der Updates, Tag der Aktualisierungen, der Tag, an dem sich alle vernetzten Dinge gegen sie verschworen hatten? Statt zu warten, bis die Maschine fertig war, gab sie sich mit einem Glas Leitungswasser zufrieden und ging zurück zu ihrem Arbeitsplatz.

Es war einer dieser Wintertage, an denen es von vornherein nicht so richtig hell wurde. Die Wolken verdeckten die Sonne, und es hingen graue Nebelschwaden über dem Viertel. Der Ausblick war an Tagen wie diesen eher mau, doch blickte Marianne dennoch aus dem Fenster. Trotz der Nebelfetzen erkannte sie den älteren Herrn mit der Bulldogge, die bei einem Baum standen. Sie musste lächeln, als sie sich an ihr Gespräch von heute Morgen erinnerte. Sie war verblüfft gewesen, als sie zum ersten Mal seine tiefe, sympathische Stimme gehört hatte. Auch das Grunzen von David, wie er seinen Hund genannt hatte, war ihr im Ohr geblieben. Sie beobachtete die beiden eine Weile, bis sie in der grau-weißen Nebelhülle endgültig aus ihrem Blickfeld verschwunden waren. Marianne seufzte einmal tief, und wandte sich wieder ihrer Tabellen-Kalkulation zu.

Erst jetzt fiel ihr auf, dass es ziemlich finster im Raum war. Marianne gähnte. Ihr fehlte der Push ihres morgendlichen Kaffees. Früher wäre sie jetzt aufgestanden und hätte das Licht aufgedreht, doch im hochmodernen Tour CB21 hatte man selbst die Lichtanlage vernetzt. Jetzt konnte sie das Licht mit der „Büro-App" aufdrehen, ohne dass sie ihren Schreibtischsessel verlassen musste. Doch als sie die App startete, kam zurück: „Update läuft." Marianne fluchte und schlug mit der Faust auf den Tisch.

Erst exakt eine halbe Stunde später ließ sich das Licht einschalten, nachdem die App mit ihrer Aktualisierung fertig war. Als es endlich hell im Raum war, begannen ein paar ihrer Kollegen zu klatschen. „Bravo, ein Hoch auf die Technik! Endlich können wir das Licht einschalten!" Die meisten nahmen den Vorfall mit Humor, einige wenige konnten ihn nur mit Ironie verarbeiten. Marianne trommelte ungeduldig mit ihren Fingern auf dem Tisch. Vor ihr lag ein Batzen Arbeit und jede Irritation warf sie in ihrem Plansoll zurück.

Plötzlich läutete Mariannes Handy. Ihre Oma war dran. Madame Brigitte, wie sie bei allen aus ihrer Familie hieß, rief sonst nie an. Marianne war beunruhigt. Sie rutschte nervös mit ihren Pobacken auf dem Stuhl hin und her und fragte mit aufgeregter, stark nach oben gehender Stimme: „Oma, was gibt's?"

„Ach, mir ist langweilig und ich bin ein wenig nervös."

„Wo bist du?"

„Ich sitze gerade im Wartezimmer im Spital. Mein Herzschrittmacher muss erneuert werden."

„Dein Herzschrittmacher muss WAS?"

„Er braucht eine Aktualisierung, haben sie gesagt. Sonst können ihn Hacker angreifen und mich umbringen. Sie haben alle, die dieses Modell haben, heute ins Spital bestellt."

„Ist das nicht gefährlich?"

„Weniger gefährlich, als wenn das Ding gehackt wird."

„Machen das Ärzte oder Hacker?"

„Ärzte. Drei Minuten dauert es, dann kann ich wieder heim."

„Ich drücke dir die Daumen, dass alles gut geht!"

„Danke, mein Liebes."

Drei Minuten dauert ein Update bei einem Herzschrittmacher also, dachte Marianne, nachdem sie das Handy-Gespräch mit Madame Brigitte beendet hatte. Das war zehnmal kürzer als der Lift und die Lichtanlage im Büro.

Abends wollte Marianne diesen Tag nur noch zu den Akten legen. Ihre To-Do-Liste war nicht einmal ansatzweise abgearbeitet, ihr Chef hatte an ihr herumgenörgelt und ihre Kollegin ihr Outfit kritisiert. Nur die Begegnung mit dem älteren Herrn und seiner Bulldogge waren ein Lichtblick gewesen. Jetzt wollte sich Marianne einfach nur noch entspannen. Sie zog Willy aus ihrer Schublade und schaltete ihn per App ein. Die sanften Vibrationen waren zum Start recht angenehm. Sie atmete tief durch, wurde ein wenig lockerer und stöhnte leise: „Ja, das tut gut." Doch es war nicht genug.

Mehr. Marianne brauchte mehr. „Schneller, mein Schatz, fester", flüsterte sie. Sie suchte nach dem passenden Programm. Doch statt des
Power-Modus bekam sie folgende Meldung: „Software-Update wird in-
stalliert. Bitte schalten Sie das Gerät während des Downloads nicht
aus." Frustriert warf sie Willy ins Eck, wo er weiter im selben, sanften
Rhythmus vor sich hin vibrierte. Was für ein Scheiß-Tag.

AUTOR_INNEN

PETER ALSCHER

Begonnen hat für mich alles mit der Musik, dann hat es mich zur Grafik gezogen und nun bin ich beim Wort gelandet. Wenn es mir damit gelingt, aus Silben Bilder und Melodien im Kopf zu erzeugen, gelingt, der Zeit ein Stück aus den Rippen zu schneiden, es mit meinem Herzblut zu ersetzen und sie so den Leser_innen zu vertreiben – was kann es Schöneres geben? Peter Alscher, geboren und lebhaft in Wien, Grafiker, Werbeagenturinhaber, Hobby-Schlagzeuger, Songwriter, Buchstabenfetischist.

NINA DREIST

Nina Dreist, geboren 1961, ist selbstständige Farb- und Stilberaterin. Sie studierte Psychologie und hat daneben noch mehrere Ausbildungen absolviert. Unter anderem ist sie NLP-Master-Practitioner, staatlich geprüfte Pharmareferentin, Klinischer Monitor und Colour-Me-Beautiful Consultant. Ihr Lieblingsgenre ist Chick-Lit für Frauen der Generation 50+, durch ihre Neugier auf unterschiedliche Kulturen gelegentlich auch romantische Mystery, sowie (meist schräge) Kurz- und Kürzestgeschichten.

GÜNTHER FRIESINGER

Günther Friesinger ist Autor, Künstler, Kurator und Produzent. Er ist Geschäftsführer von monochrom, Chairman des Quartiers für Digitale Kunst und Kultur im Museumsquartier, Leiter des paraflows Festival für Digitale Kunst und Kulturen in Wien und des Arse Elektronika Festivals in San Francisco, Produzent des Roboexotica Festivals in Wien und des KOMM.ST Festivals in Anger. Friesinger lehrt Kulturmanagement, Produktion, Social Media und Ausstellungsdramaturgie an verschiedenen Universitäten in Österreich, Deutschland und der Schweiz.

MANFRED HUBER

Journalist, Blogger und zweifacher Vater aus Wien. War viele Jahre Videospieljournalist in Österreich und Deutschland und zuletzt Chefredakteur des Computermagazins E-MEDIA. Schreibt aktuell als freier Autor für diverse Technik-Medien. In seiner Freizeit verbringt er zu viel Zeit in VR und bloggt darüber unter *www.godoculus.at*

CAROLINE KLIMA

Autorin, Lektorin, Leiterin einer Grafik- und Illustratorenagentur. Studierte Historikerin, ausgebildete Kommunikationstrainerin, arbeitet und lebt mit Mann, Hund und Kindern in Wien. Übersetzte zahlreiche englische Fachbücher (Geschichte, Psychologie, Tiere), schrieb viele Jahre Erotik-Kolumnen (evolver, lustschmerz, aon, wiener), entwirft bald ebenso lang Rätselkrimis für Schüler_innencomics und verfasste mehrere alltagshistorische Bücher und Anekdotensammlungen.

JUDITH LEOPOLD

80er-Jahre-Kind. Wurde als Baby vom Tipp-Geräusch einer Schreibmaschine in den Schlaf gewiegt. Studierte Komparatistin. Onlineredakteurin bei einer österreichischen Tageszeitung. Ihre Lyrik wurde unter anderem in der Literaturzeitschrift „Keine Delikatessen" veröffentlicht. Lebt mit Mann und Nachwuchs in Wien.

ROMAN MARKUS

1991 in Klagenfurt geboren und sudert jetzt in Wien. Heißt eigentlich anders, macht aber nichts. Arbeitet im Brotberuf mit Buchstaben. Hat 2017 einen Krimi veröffentlicht. 2018 Shortlist FM4 Wortlaut. 2018 Shortlist Wiener Werkstattpreis, Sonderpreis für junge Autorinnen und Autoren. Fürchtet sich vor Geräten, die bald einmal gescheiter sind als er. Schreibt und leidet an einem neuen Roman.

ANNA NOAH

Jahrgang 1979, ist studierte Linguistin und Sinologin. 2005 war sie Gastautorin in Charles Lee Taylors Buch „Reflections: A Poetic Approach II". Kurztexte verschiedener Genres sind in den Anthologien „Die Magie der Weihnachtsmärkte" (2016): Hrsg. Petra Pohlmann, „Literarische Weinlese" (2016): Hrsg. Regina Frischholz, „Fernwehen: Da sein, wo andere hin wollen" (2017): Hrsg. Elke Bockamp, „Volle Lotte: Liebe muss man fühlen" (2017): Hrsg. Lebenshilfe Berlin, „Zeitentanz" (2017): Hrsg. Stephanie Mattner, „Die letzte Prüfung" (2017): Hrsg. Florian Geiger u.a. erschienen.

BETTINA REINISCH

Halb Tirolerin, halb Münchnerin. Wollte in den 1980er-Jahren Deutschlehrerin werden, war Spielwarenverkäuferin, Versicherungsangestellte und Redaktionsassistentin beim Nachrichtenmagazin profil. Ließ sich zur Psychotherapeutin ausbilden. Seit 2016 verwandelt sie ihre Psychotherapiepraxis immer wieder in einen Schreibraum, den sie „Mein wunderbarer Schreibsalon" nennt. Dort organisiert sie Schreibgruppen und Schreibworkshops. Im Web: *www.mein-wunderbarer-schreibsalon.at*

BARBARA WIMMER

Journalistin, Autorin, Vortragende und Moderatorin. Studierte Kommunikationswissenschaftlerin. Geboren in Linz, lebt in Wien. Schreibt und spricht über Netzpolitik, Social Media, Datenschutz und IT-Sicherheit. Arbeitet seit mehr als zehn Jahren als Redakteurin bei tagesaktuellen Print- und Online-Medien in Österreich. Erster Roman in der Pipeline.

JOSEF WUKOVITS

Manager bei einem internationalen Elektronikkonzern. Autor. Vortragender. Tagebuch über humanitären Einsatz für Ärzte ohne Grenzen im Südsudan (veröffentlicht 2003 im Vier-Viertel-Verlag). 2009 Studium der Kultur- und Sozialanthropologie an der Universität Wien. Studienaufenthalte in Namibia. Autobiografisches Sachbuch über Feldforschung bei den „Buchmännern" in Vorbereitung.

REGINE ZAWODSKY

Geboren 1948 in Wiesbaden, aufgewachsen in Wiesbaden und Freiburg. Nach der Matura 1968 nach Wien übersiedelt. Studium der Physik an der Universität Wien. Nach dem Magisterabschluss in Physik in Wien am Patentamt gearbeitet, mit Schwerpunkt Medizintechnik. Bereits in Pension arbeitet sie an einem Buch, das die Missverständnisse zwischen deutschem Deutsch und österreichischem Deutsch humorvoll auf die Schaufel nimmt.

KLAUDIA ZOTZMANN-KOCH

Lebt und schreibt in Wiener Kaffeehäusern, wenngleich ihre Geschichten in Norddeutschland, England oder in ganz anderen Welten spielen. In ihrer Freizeit engagiert sie sich ehrenamtlich im Chaos Computer Club für digitale Bildung, Medienkompetenz und Netzpolitik und leitet Workshops zu Data Privacy, sicherem Recherchieren im Netz und Quellenschutz.

www.ingramcontent.com/pod-product-compliance
Lightning Source LLC
Chambersburg PA
CBHW051513260626
47162CB00008B/2957